Vorwort 9

1 Grundlagen

Der Politikbegriff 10
Demokratietheorien 11
Plebiszitäre Demokratie in der Diskussion 12
Demokratische Regierungssysteme 13
Wer nimmt Einfluss auf politische Entscheidungen? 14
Der Politikzyklus 15
Links und rechts in der Politik 16
Politische Partizipation 17
Politische Kultur 18
Postdemokratie 19
Grundgesetz 20
Gewaltenteilung 21
Staat, Macht, Gewalt und Herrschaft 22
Herrschaftsformen in der Übersicht 23
Defekte Demokratie 24
Rechtsstaat 25
Streitbare (wehrhafte) Demokratie 26
Funktionen von Wahlen, Wählertypen 27
Wahlrecht: Mehrheits- und Verhältniswahlrecht 28
Theorien des Wählerverhaltens 29
Demoskopie 30
Föderalismus 31
Länderfinanzausgleich 32

2 Institutionen

Bundestag (Art. 38 – 48 Grundgesetz) 33
Wahl zum Bundestag 34
Bundeskanzler (Art. 62 – 69 Grundgesetz) 35
Bundesregierung (Art. 62 – 69 Grundgesetz) 36
Bundespräsident (Art. 54 – 61 Grundgesetz) 37

Bundesverfassungsgericht (BVerfG, Art. 92–100 GG) 38
Bundesrat (Art. 50–53 Grundgesetz) 39
Gesetzgebungsprozess 40
Aufgabenverteilung zwischen Bund und Ländern 41
Politik- und Parteienverdrossenheit 42

3 Parteien
Parteien und ihre Aufgaben 43
Grundsätze des deutschen Parteiensystems 44
Parteienfinanzierung 45
Entwicklung des Parteiensystems nach 1945 46
Volksparteien – ein Auslaufmodell? 47
Kritik an den Parteien 48
Populismus 49
Politischer Extremismus 50
„Wehrhafte Demokratie" und Parteienverbot 51
Digitalisierung und Demokratie (E-Demokratie) 52

4 Kontrolle politischer Herrschaft
Medien in der Demokratie 53
Kritik an den Medien in der Demokratie 54
Fake News 55
Lobbyismus als fünfte Gewalt 56
Der Untersuchungsausschuss 57

5 Gesellschaftsmodelle und Sozialstaat
Die Zivilgesellschaft 58
Gesellschaftsmodelle 59
Die Grundlagen des Sozialstaats 60
Sozialversicherungen 61
Hartz IV – ein umstrittenes Konzept 62
Hartz IV – ein Erfolgsmodell? Reformvorschläge 63
Sozialstaatsmodelle 64

Timo Schuh, Anke Söller

Abi last minute Politik und Sozialkunde

Schnell auffrischen, was wichtig ist

Klett Lerntraining

Timo Schuh ist Gymnasiallehrer für die Fächer Gemeinschaftskunde, Geschichte, Latein und Wirtschaft in Baden-Württemberg. Außerdem ist er als Mittelstufenkoordinator und Beratungslehrer tätig.

Anke Söller unterrichtet die Fächer Englisch, Gemeinschaftskunde, Wirtschaft und Geschichte an einem Gymnasium in Baden-Württemberg. Außerdem leitet sie die Pädagogische Stabsstelle und ist für die Berufs- und Studienorientierung an ihrer Schule zuständig.

Wichtige Abkürzungen:

BIP = Bruttoinlandsprodukt

BVerfG = Bundesverfassungsgericht

EGV = Vertrag zur Gründung der Europäischen Gemeinschaft, im Vertrag von Lissabon umbenannt in Vertrag über die Arbeitsweise der Europäischen Union

G20 = die Gruppe der 20, zentrale Gruppe für die internationale wirtschaftliche Zusammenarbeit

GASP = Gemeinsame Außen- und Sicherheitspolitik der EU

GATT = General Agreement on Tariffs and Trade

GG = Grundgesetz

(I)NGO = (International) Non-governmental Organization

IGO = Intergovernmental Organization

IWF = Internationaler Währungsfonds

NATO = North Atlantic Treaty Organization

ODA = Official Development Assistance

OECD = Organisation for Economic Cooperation and Development

OSZE = Organisation für Sicherheit und Zusammenarbeit in Europa

UN = United Nations Organization = Vereinte Nationen (VN)

WTO = World Trade Organization

UNESCO = United Nations Educational, Scientific and Cultural Organization

VN = Vereinte Nationen = United Nations Organization (UN)

Bibliografische Information der Deutschen Nationalbibliothek
Die Deutsche Nationalbibliothek verzeichnet diese Publikation in der Deutschen Nationalbibliografie; detaillierte bibliografische Daten sind im Internet über http://dnb.dnb.de abrufbar.

1. Auflage 2020

www. klett-lerntraining.de; kundenservice@klett-lerntraining.de
Umschlagfoto: Thinkstock, München (Ablestock.com)
Bildnachweis: S. 40: Bergmoser & Höller Verlag AG, Aachen; S. 67: Sinus-Institut Heidelberg; S. 120, 122, 146: Richter-Publizistik, Bonn; S. 134: Shutterstock, New York (moth design)
Satz: tebitron gmbh, Gerlingen
Druck: medienhaus Plump GmbH, Rheinbreitbach
Printed in Germany
ISBN 978-3-12-949619

Sozialstrukturmodell der sozialen Klassen und Schichten ... 65
Sozialstrukturmodell der sozialen Lagen ... 66
Sozialstrukturmodell der sozialen Milieus ... 66
Sozialstrukturmodell der Exklusion und Inklusion ... 68
Soziale Mobilität ... 69

6 Herausforderungen für den Sozialstaat
Armut ... 70
Demografie und demografischer Wandel ... 71
Rente und Generationenvertrag ... 72
Gerechtigkeit ... 73
Soziale Ungleichheit bei Einkommen und Vermögen ... 74
Soziale Ungleichheit in Deutschland ... 75
Der Mindestlohn – Reduktion von Ungleichheit? ... 76
Steuern – ein Mittel gegen Ungleichheit? ... 77
Bedingungsloses Grundeinkommen (BGE) – eine Utopie? ... 78
Migration und Integration ... 79
Deutsche Asyl- und Migrationspolitik ... 80
Gesellschaftlicher Wandel: Modernisierung ... 81

7 Wirtschaftspolitik
Der Ordoliberalismus (Walter Eucken 1891–1950) ... 82
Soziale Marktwirtschaft ... 83
Der Staat in der sozialen Marktwirtschaft ... 84
Grundgesetz und Wirtschaftsordnung ... 85
Wirtschaftspolitik ... 86
Industrie- und Strukturpolitik ... 87
Vom Magischen Viereck zum Magischen Vieleck ... 88
Inflation ... 89
Staatsverschuldung und „Schwarze Null“ ... 90
Nachhaltigkeit und Umweltpolitik ... 91
Umweltpolitische Instrumente ... 92
Marktversagen ... 93

Liberalismus und Neoliberalismus 94
Nachfrageorientierte Wettbewerbspolitik nach Keynes 95
Die Angebotstheorie nach Friedman 96
Kritik an Keynes und Friedman 97
Konjunktur (-zyklus) 98
Standort Deutschland 99
Zahlungs- und Leistungsbilanz – Diskussion um Exportüberschüsse 100
Einfacher und erweiterter Wirtschaftskreislauf 101

8 Deutsche Außenpolitik
Rechtliche Vorgaben der deutschen Außenpolitik 102
Einflussfaktoren auf die deutsche Außenpolitik 103
Instrumente deutscher Außenpolitik 104
Außenpolitische Konzepte nach 1990: Rolle Deutschlands . 105
Außenpolitische Konzepte nach 1990: Werte-/Interessenswandel, veränderte transatlantische Beziehungen 106
Außenpolitische Konzepte nach 1990 gemäß des Weißbuchs von 2016 107
Deutschland als Zivilmacht 108
Die Bundeswehr 109

9 Internationale Beziehungen
Internationale Politik – Begriffsklärungen 110
Die Denkschule des Realismus 111
Die institutionelle und liberale Denkschule 112
Weltordnungsmodelle 113
North Atlantic Treaty Organization (NATO) 114
Organisation für Sicherheit und Zusammenarbeit in Europa (OSZE) 115
„Neue Kriege“ 116
Das zivilisatorische Hexagon 117
Das Völkerrecht 118

United Nations Organization (UN) – Ziele, Grundsätze, Hauptorgane ... 119
United Nations Organization (UN) – Reformansätze ... 121
Neue Dimensionen internationaler Sicherheit ... 122
Responsibility to Protect (R2P) ... 123
Samuel P. Huntington: Kampf der Kulturen ... 124

10 Globalisierung
Ursachen und Motoren der Globalisierung ... 125
Außenhandel ... 126
David Ricardo: komparative Kosten ... 127
Freihandel und Protektionismus ... 128
Folgen der Globalisierung für die Nationalstaaten ... 129
Global Governance ... 130
Multi- und transnationale Unternehmen ... 131
Schwellenländer als Globalisierungsgewinner? ... 132
Entwicklungspolitik ... 133
Ziele für nachhaltige Entwicklung ... 134
Internationaler Währungsfonds (IWF) ... 135
Weltbank ... 136
Welthandelsorganisation (WTO) ... 137

11 Bedrohungen des Weltfriedens
Klimawandel und Klimapolitik ... 138
Internationale Klimapolitik ... 139
Ressourcenverfügbarkeit ... 140
Proliferation ... 141
Cyberwar ... 142
Staatszerfall: failing states und failed states ... 143
Transnationaler Terrorismus ... 144

12 Europäische Integration

Gründung, Erweiterung und Vertiefung der EU 145
Grundlagen der EU 146
Die zentralen Institutionen der EU 147
Gesetzgebungsverfahren in der EU 148
Ein- und Austritt aus der EU 150
Der Euro 151
Die Europäische Zentralbank (EZB) 152
Demokratie in der EU – Demokratiedefizit 153
Partizipationsmöglichkeiten der EU-Bürger 154
Europäische Identität 155
Europäischer Binnenmarkt 156
Eurokrise und Fiskalpakt 157
Gemeinsame Außen- und Sicherheitspolitik (GASP) 158
Eine Europa-Armee? 159
Reformbedarf der EU und Zukunftsszenarien 160

Liebe Schülerin, lieber Schüler,

sicherlich kennen Sie diese Situation: Es ist kurz vor der Klausur und die Zeit wird knapp. Sie schreiben sogar mehrere Klausuren innerhalb weniger Tage und können unmöglich nochmals Ihre kompletten Mitschriften oder das Schulbuch durcharbeiten. Vielleicht stellen Sie auch fest, dass Ihre Mitschriften Lücken haben, und das ist so ziemlich das Letzte, was Sie last minute gebrauchen können!

Keine Sorge, mit *Abi last minute – Politik und Sozialkunde* sind Sie auf der sicheren Seite:

- In **150 prüfungsrelevanten Begriffen** wiederholen Sie kurz und knapp, was Sie in der Klausur bzw. der Abiturprüfung wissen müssen. 150 Lernbegriffe = 150 gut gepackte Wissenspakete für Ihren Weg zum Abitur.

- Die Begriffe sind thematisch zusammengefasst, sodass Sie ganz gezielt das Thema in Angriff nehmen können, das in der Klausur abgefragt wird.

- Vor dem Abitur können Sie natürlich das ganze Buch durcharbeiten und so optimal vorbereitet in die Prüfung gehen.

Abi last minute - kurz und knapp für kurz vor knapp!

Eine erfolgreiche Oberstufenzeit und alles Gute für die Abiturprüfung wünscht Ihnen

Ihre Redaktion Klett Lerntraining

Der Politikbegriff

- Der Begriff „Politik" stammt vom griechischen Wort „polis" (das Öffentliche, Gemeinschaftliche, alle Bürger Betreffende). Er bezog sich ursprünglich auf die stimmberechtigten Bürger des Demos (Gemeinwesens) und ihre auf die Ordnung und Führung im Inneren sowie auf das Verhältnis zu anderen Staaten gerichteten Unternehmungen.

- Über die Definition des Begriffs herrscht in der Wissenschaft Uneinigkeit, insbesondere darüber, welche Fragen im Zentrum von Politik stehen: Fragen nach Herrschaft? Nach Friede, Macht, Konflikten, Gemeinwohl?

- Die Definition des Politikwissenschaftlers Thomas Meyer bleibt bei dieser Frage allgemein: „Politik ist die Gesamtheit der Aktivitäten zur Vorbereitung und zur Herstellung gesamtgesellschaftlich verbindlicher und/oder am Gemeinwohl orientierter und der ganzen Gesellschaft zugutekommender Entscheidungen."

- Um der Mehrdimensionalität des Begriffs gerecht zu werden, werden die englischen Fachbegriffe verwendet:
  - **Policy (= Inhalte): inhaltlich-normative Dimension**, befasst sich mit den Aufgaben, Zielen und Programmen der Politik. Dabei geht es um konkrete Politikfelder (z. B. Umweltpolitik).
  - **Politics (= Prozesse): prozessuale Dimension**, im Zentrum steht der aktive Prozess der Willensbildung und Interessensvermittlung durch Konflikt, Verhandlung, Konsens und Kompromiss sowie die Beschaffung politischer Legitimität (= Rechtmäßigkeit).
  - **Polity (= Form): institutionell-formale Dimension**, befasst sich mit dem institutionellen Normengefüge, also dem Handlungsrahmen und den sich daraus ergebenen politischen Verfahren, Ordnungen etc. (z. B. Verfassungsprinzipien, Organisationsformen (parlamentarisches oder präsidentielles System), Institutionen, Gesetze und Rechtsnormen).

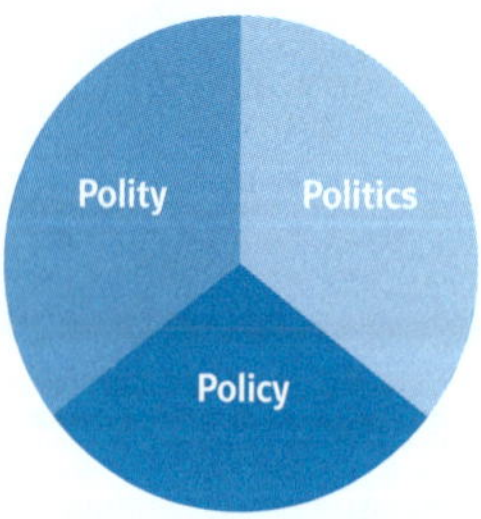

Demokratietheorien

- **Theorien** haben die Aufgabe, die komplexe Wirklichkeit systematisch zu beschreiben, Voraussagen zu machen und künftige Entwicklungen zu prognostizieren.
- Den meisten Demokratietheorien liegt ein gemeinsames Verständnis zugrunde: das **Prinzip der Volkssouveränität.**
- Bei der Übertragung des Prinzips auf die politische Wirklichkeit **a posteriori** ergeben sich zwei Grundmodelle: die **plebiszitäre (direkte)** und die **repräsentative (indirekte)** Demokratie.

Demokratie = Herrschaft des Volkes = Volkssouveränität

↓ ↓

Wie ergibt sich das Gemeinwohl?
a posteriori = als Ergebnis einer Diskussion oder
a priori = es ist vorhanden und muss nur durch Diskussion aufgedeckt werden

↓ ↓

Identitätstheorie (J. J. Rousseau 1712-1778)	**Konkurrenztheorie (John Locke 1632-1704)**
• homogenes, objektives Gemeinwohl „a posteriori" • Gesamtwille aller als Summe egoistischer Einzelinteressen • Identität von Regierenden und Regierten → die den Gesetzen Unterworfenen sind zugleich Gesetzgeber, sie gehorchen nur sich selbst • individuelle Freiheit wird dem Gruppenwillen unterworfen	• Vorhandensein von Interessenpluralismus und -konkurrenz • Gemeinwohl als Ergebnis des Interessenausgleichs „a priori" • politische Willensbildung als Prozess der Auseinandersetzung zwischen heterogenen Gruppen • Mehrheitsprinzip als Grundlage von Entscheidungen • Schutz der Minderheiten vor einer „Tyrannei der Mehrheit" • Herrschaft durch Repräsentation (Vertretung) im Parlament
↓	↓
Anwendung: radikale Demokratie, autoritäre Staatslehre, Diktatur	Anwendung: liberale Demokratie; parlamentarisches Repräsentativsystem

Plebiszitäre Demokratie in der Diskussion

- In plebiszitären (direkten) Demokratien trifft das Volk unmittelbar Entscheidungen. In modernen Staaten sind repräsentative Demokratien die Regel: Das Volk gibt seine Entscheidungsgewalt an gewählte Organe ab. **Art. 20 Abs. 2 Grundgesetz (GG):** „Alle Staatsgewalt geht vom Volke aus. Sie wird vom Volke in Wahlen und Abstimmungen (...) ausgeübt." → Das GG sieht keine direktdemokratischen Elemente auf Bundesebene vor (außer: Neugliederung des Bundesgebietes).
- **Direktdemokratische Elemente** sind in allen Landesverfassungen nach einem dreistufigen Verfahren vorgesehen:

  1. Volksinitiative über Unterschriftenaktion
  2. Bei Nichtannahme durch den Landtag folgt ein Volksbegehren. Wird das Quorum, d.h. eine festgesetze, notwendige Anzahl an Stimmen erfüllt, wird dem Landesparlament ein Gesetzesentwurf zur Abstimmung vorgelegt, z.B. Volksbegehren Artenvielfalt in Bayern 2019.
  3. Bei Ablehnung kommt es zur verbindlichen Abstimmung in einem Volksentscheid.

Pro	Kontra
• Transparenz, dadurch hohe Akzeptanz und Legitimation politischen Handelns • Beteiligung der Bürger auch außerhalb von Wahlen → Reduktion von Politikverdrossenheit • Volksentscheide haben sich in Ländern und Kommunen für einfache Entscheidungen von großem verfassungspolitischem Gewicht bewährt • Abstimmungen entsprechen direkter Volkssouveränität • Volksabstimmungen sind „Schulen der Demokratie", Legitimationszufuhr für das demokratische System	• Uninformiertheit der Bürger • Fragestellungen oft komplex, können nicht auf Ja-/Nein-Antworten reduziert werden • unangenehme, aber notwendige Entscheidungen könnten blockiert werden • Schwächung des Parlaments • Gefahr von Demagogen • Gefahr des „Abstrafens" der Regierung über Entscheide • drohende Übersättigung durch viele Wahlen • Referenden können zu Lasten von Minderheiten gehen („Tyrannei der Mehrheit") • Abstimmungen bevorzugen „höhere" Schichten, da diese eher daran teilnehmen

Demokratische Regierungssysteme

- **Parlamentarisches Regierungssystem**
  - Form der repräsentativen Demokratie, in der die Regierung von der Mehrheit des Parlaments bestimmt wird und daher vom Vertrauen des Parlaments abhängig und ihm gegenüber verantwortlich ist.
  - Statt klassischer Gewaltenteilungslehre **Gewaltenverschränkung** zwischen Regierung (Exekutive) und der Parlamentsmehrheit (Legislative) → die Kontrollfunktion wird hauptsächlich von der Opposition ausgeführt.
  - Unterscheidung zwischen **republikanischer** (z. B. Deutschland, Italien) und der **monarchischen** Form des **parlamentarischen Regierungssystems** (z. B. Großbritannien, Schweden).
- **Präsidentielles Regierungssystem**
  - Form der repräsentativen Demokratie (z. B. USA), in der der Regierungschef (Präsident) und das Parlament vom Volk direkt gewählt werden. Beide sind somit dem Volk gegenüber verantwortlich und voneinander relativ unabhängig (→ **klassische Gewaltenteilung** S. 21).
  - Parlament: Es kann den Präsidenten nicht abberufen, aber auch nicht von ihm aufgelöst werden.
  - Präsident: Er hat kein Gesetzesinitiativrecht im Parlament.
  - Kabinett: Es muss nicht Teil der Legislative sein, es muss sich nur gegenüber dem Präsidenten verantworten.
  - Aber: Die klassische Gewaltenteilung muss bei der Erfüllung der Aufgaben aufgehoben werden: Parlament mit Budgetrecht; die Exekutive kann ohne Bewilligung der Legislative keine Ausgaben tätigen, Exekutivrecht nur beim Präsidenten; eigeninitiativ darf das Parlament keine Gesetze in konkrete Handlungen umsetzen.
- **Semipräsidentielles Regierungssystem:** Mischform aus präsidentiellem und parlamentarischem Regierungssystem (z. B. Frankreich: Direktwahl des Präsidenten durch das Volk).

Wer nimmt Einfluss auf politische Entscheidungen?

- Neben den formalen, d. h. verfassungsmäßigen Institutionen (Bundestag, Bundesregierung, Bundesrat) haben auch informelle Gremien Einfluss auf die Politik.

- **Informelle Gremien** sind Gremien ohne formalen Auftrag, die in der Verfassung nicht explizit genannt werden und für die es keine rechtlich geregelte Mitgliedschaft gibt.
  - Beispiele hierfür sind Koalitionsausschüsse, Treffen führender Politiker, gemischte Arbeitsgruppen von Parlament und Regierung. Solche Gremien finden sich auf Bundesebene und in der Mehrheit der Bundesländer.
  - Häufig werden Entscheidungen durch informelle Koalitionsausschüsse oder -gespräche getroffen, sodass dort das eigentliche Entscheidungszentrum liegt. Regierung, Bundestag und Bundesrat folgen den dort getroffenen Entscheidungen.
  - Ursachen für die Entstehung: Aufsplitterung der Macht in Deutschland auf Kanzler, Regierung, Parlamentsmehrheit, Koalitionsparteien und Bundesrat bei gleichzeitigem Fehlen einer Institution, die die Machtfaktoren bündelt, wodurch Kompromissfindungen schwierig werden.

- **Probleme** durch informelle Entscheidungszentren: **Aushöhlung der Demokratie**
  - In Demokratien erfolgt die Übertragung von Verantwortung auf Zeit durch Wahlen. Entscheidungen können direkt zugeordnet und Amtsinhaber bei der nächsten Wahl z. B. durch Abwahl zur Rechenschaft gezogen werden. Dieser Mechanismus der Abwahl funktioniert bei informellen Gremien nicht. Je mehr Menschen an Entscheidungsprozessen beteiligt sind, desto geringer ist die Transparenz.
  - Werden Entscheidungen in informellen Gremien vorbereitet, fällt dem Parlament die Aufgabe des Paraphierens (Unterzeichnen) bzw. Ratifizierens (Zustimmung) zu. Es übernimmt dadurch die Verantwortung für etwas, das es nicht oder nur wenig beeinflusst hat.

Der Politikzyklus

- Der Politikzyklus ist ein Modell, das sich zur Analyse von politischen Prozessen eignet. Es unterteilt den Prozess in mehrere Schritte. In jedem Schritt der Analyse wird untersucht, welche Interessen eine Rolle spielen und wer offen oder verdeckt Einfluss nimmt.

- **Phasen des Politikzyklus**
  - Er beginnt mit der Problembeschreibung (z. B. neue Meldungen über Plastik im Meer).
  - Die Medien berichten über das Problem (= Agenda Setting → S. 53), wodurch das Thema in das Bewusstsein der Bevölkerung gelangt (z. B. durch Bilder von Meerestieren, die wegen Plastik verendeten).
  - In der Öffentlichkeit erfolgt eine Auseinandersetzung über die unterschiedlichen Positionen zu diesem Thema (z. B. EU-weite Einschränkungen des Plastikverbrauchs) und eine **Bewertung der Alternativen**, die zur Verfügung stehen.
  - Anschließend kommt es zu einer **Entscheidung** (z. B. EU-weites Verbot von Plastiktrinkhalmen ab 2021) und deren Implementierung (z. B. nationale Umsetzung von Plastikverboten).
  - Schließlich werden die zu erwartenden Folgen der Entscheidung beurteilt, und zwar für das Individuum und die Gesellschaft. Eventuell besteht das Problem weiterhin oder es ergibt sich ein neues (Re-Definition). Dann würde ein neuer Zyklus beginnen. Vorsicht: Bei diesem letzten Schritt geht es nicht um eine persönliche Bewertung des Problems, sondern darum, wie es von den unterschiedlichen Akteuren bewertet wird.

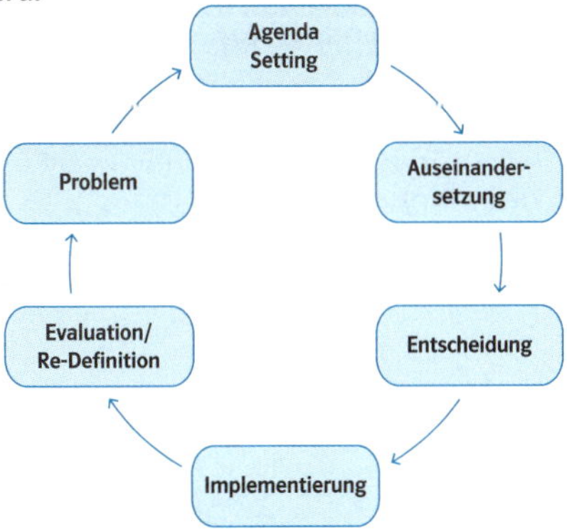

Links und rechts in der Politik

- Das Links-rechts-Schema dient der Erfassung von politischen Einstellungen. Seinen Ursprung hat es in der Sitzordnung der französischen Abgeordnetenkammer von 1814. Dort saßen, vom Präsidenten aus gesehen, rechts jene Parteien, die den Erhalt der gegenwärtigen politischen und gesellschaftlichen Verhältnisse wollten. Diejenigen, die links saßen, wollten eine Änderungen der Verhältnisse. In der Frankfurter Paulskirche saßen Mitte des 19. Jahrhunderts die Konservativen rechts, die Umstürzler, die eine republikanische Ordnung wollten, links.
- Gemäß der Meinungsforscherin Noelle-Neumann wird unter **rechten und linken Werten** Folgendes verstanden:
  - rechts: Betonung der Unterschiede, Autorität, Distanz, geregelte Umgangsformen („Sie"), Disziplin, das Nationale, Freiheit von staatlichem Zwang. Geschätzt werden Anstrengung, Risikobereitschaft, Eigenaktivität; in der Wirtschaft: Privatwirtschaft, Wettbewerb.
  - **links:** Gleichheit, Gerechtigkeit (Solidarität mit Schwächeren), Nähe, Wärme, das Internationale, Spontanität, Formlosigkeit („Du"). Freiheit von Not: Der Staat muss sich um die soziale Sicherheit kümmern. Wirtschaft: staatliche Planung, Kontrolle.
- Laut **Norberto Bobbio** (italienischer Rechtsphilosoph) findet die Unterscheidung zwischen rechts/links ihre Entsprechung in der jeweiligen Haltung zur „Gleichheit".
  - **rechts:** Die Menschen sind von Natur aus ungleich. Gleichmacherei führt zu schwächeren Leistungen. Schlüsselbegriff: Elite.
  - **links:** Die Menschen sind von Natur aus gleich. Die Gesellschaft sorgt für ungleiche Lebensverhältnisse. Schlüsselbegriff: Emanzipation.
- Extremismus gibt es links wie rechts. Gemeinsam ist Extremisten die Ablehnung des demokratischen Systems und die Bereitschaft, politische Ziele mit Gewalt umzusetzen.

Politische Partizipation

- Unter politischer Partizipation werden Handlungen verstanden, die die Bürger freiwillig vornehmen, um Einfluss auf den politischen Willensbildungs- und Entscheidungsprozess zu nehmen.
- Das **Grundgesetz** sieht **direkte und indirekte Teilhaberechte** in diesen Artikeln vor: 5 (Meinungsfreiheit), 8 (Versammlungsfreiheit), 9 (Vereinigung/Koalitionsfreiheit), 20 (Staatsstrukturprinzipien und Widerstandsrecht), 21 (Parteien), 28 (Länder). Teilhaberechte erstrecken sich auf die EU, den Bund, die Länder, Kommunen, Gemeinden.
- **Bedingungsfaktoren politischer Partizipation** sind z. B.: Alter, Geschlecht, Bildungsstand (überproportionales Engagement bei Männern mittleren Alters und hohem Bildungsniveau), politisches Interesse, Gefühl, mit dem eigenen politischen Engagement etwas zu bewirken, finanzielle Ressourcen, Beruf, Sozialisation, Parteiidentifikation („psychologische" Bindung an eine Partei).

Möglichkeiten der politischen Partizipation	
konventionell, verfasst, d. h. institutionalisiert	z. B. Kandidatur/Mitgliedschaft in einer Partei; Stimmabgabe bei Wahlen; Tätigkeit als Wahlhelfer, Elemente direkter Demokratie wie Referenden und Bürgerbefragungen; Spenden
unkonventionell, nicht verfasst, legal	z. B. Online-Proteste; Chats mit Politikern, Online-Petitionen, Beiträge in sozialen Medien, Blogs
unkonventionell, nicht-verfasst, illegal, gewaltlos (ziviler Ungehorsam)	z. B. widerrechtliches Anbringen von Plakaten, Besprühen von Gebäuden, Stören politischer Veranstaltungen, Straßenblockaden, Shitstorms, Hacken von Internetseiten
unkonventionell, nicht-verfasst, illegal, gewaltsam	z. B. Bedrohung und Einschüchterung politischer Gegner, Gewalt gegenüber Personen/Sachen

Politische Kultur

- Unter politischer Kultur versteht man nach den Politikwissenschaftlern Gabriel Almond und Sidney Verba (1965) die **Gesamtheit aller individuellen Orientierungen auf politische Objekte** (z. B. auf die Inhaber politischer Ämter oder Institutionen).
- Einstellungen und Werte prägen politische Orientierungen:
  - **Politische Einstellungen:** unmittelbar beobachtbare Orientierungen, beruhen auf Erfahrungen und beeinflussen die Reaktionen einer Person auf politische Personen und Objekte aller Art. Sie sind ein Filter im Verhältnis zwischen der Bevölkerung zum politischen System.
  - **Werte:** allgemein verbindlich angesehene Vorstellungen von der wünschenswerten Form des menschlichen Zusammenlebens.
- Politische Einstellungen werden durch die Befragung Einzelner erhoben, betreffen also die Mikroebene. Die Beschäftigung mit der politischen Kultur erfolgt auf der Makroebene (= Kollektiv).
- Die **politische Kultur in der BRD** nach Almond und Verba:
  - 1950er-Jahre: Untertanenkultur, der Bürger ist stark an Autoritäten und dem Output von Politik/Ökonomie interessiert.
  - Seit den 1970er-Jahren: Wandel zur Staatsbürgerkultur, passend zu einer liberalen Demokratie. Merkmale: Pluralismus, Partizipation, Offenheit für politischen Wandel, Kritikbereitschaft, Konsensorientierung, Respekt vor Autoritäten.
  - In Ostdeutschland ist die Tendenz zum Fortleben einer obrigkeitsstaatlichen Tradition zu beobachten.
- Annahme der politischen Kulturforschung: Ein politisches System ist bei Kongruenz (= Übereinstimmung) zwischen politischer Kultur und Struktur stabil (Negativbeispiel: Weimarer Republik).
- **Politik der ersten Person:** Sichtweise der neuen sozialen Bewegungen (1970er-Jahre), nach der auch zunächst unpolitisch erscheinende Bereiche (z. B. der Erziehungsstil) nicht privat sind.

Postdemokratie

- Der Begriff wurde maßgeblich vom britischen Politologen **Colin Crouch** (*1944) geprägt und wird seit den 1990er-Jahren in den Sozialwissenschaften vermehrt verwendet.
- Crouch beschreibt eine Entwicklung in westlichen Demokratien, in der es trotz intakter politischer Institutionen und Strukturen zu einer **Aushöhlung** und einem **Legitimationsverlust** der Demokratie kommt, da **privilegierte Eliten** hinter der Fassade der formell demokratischen Prinzipien die Demokratien kontrollieren.
- **Ursachen:**
  - Machtgewinn multinationaler Konzerne, die mit der Drohung einer Standortverlagerung nationale Regierungen zu Zugeständnissen erpressen können.
  - Wichtige politische Entscheidungen werden außerhalb demokratisch legitimierter Wege gefällt.
  - Verbindung der politischen Eliten mit den Interessen des Kapitals, mit Investoren, Managern, global tätigen Unternehmen.
  - Unfähigkeit sozio-ökonomisch schwacher Gruppen, ihre Interessen politisch zu organisieren und zu formulieren.
- **Folgen für postdemokratische Demokratien:**
  - Die Drohkulisse der Unternehmen führt dazu, dass ihre Interessen deutlich stärkeren Einfluss auf Regierungsentscheidungen haben als die der Bürger.
  - Dadurch stehen in Wahlkämpfen nicht die Themen der Bevölkerung auf der Agenda, sondern die der Unternehmer bzw. Eliten.
  - Wahlen, Wahlkämpfe, Parteienkonkurrenz etc. finden weiter statt, erfüllen aber nicht ihre Funktion der demokratischen Legitimation durch die Partizipation des Volkes.
  - Als Folge kommt es zu einem Demokratieverlust demokratischer Institutionen und einer Verstärkung von Politikverdrossenheit.

Grundgesetz

- Das Grundgesetz (GG) ist die Verfassung der BRD und das Fundament der Demokratie. Am **8.5.1949** wurde es vom parlamentarischen Rat verabschiedet und von den Alliierten genehmigt.

- Seinen Namen verdankt es der Tatsache, dass es zunächst als **Provisorium** gedacht war – eine Verfassung sollte erst verabschiedet werden, wenn Deutschland wiedervereinigt ist. Seit der Wiedervereinigung gilt es für das ganze Bundesgebiet, nachdem die DDR nach Art. 23 der alten Verfassung beigetreten ist. Es behielt den Namen „Grundgesetz".

- Nach Art. 31 **bricht** das **Bundesrecht** das **Landesrecht**, d.h. das Grundgesetz steht über allen anderen Rechtsnormen (z.B. den Landesverfassungen).

- **Aufbau:** Präambel, Grundrechte (Art. 1–19), föderalistische Staatsstruktur (Art. 20–37), Funktionen und Aufgaben der obersten Staatsorgane (Art. 38–69), Staatsfunktionen (Art. 70–115), Übergangs- und Schlussbestimmungen (Art. 116–146).

- **Änderungen** des Grundgesetzes können nur mit Zweidrittelmehrheit (qualifizierte Mehrheit) des Bundestages und der Stimmen des Bundesrates vorgenommen werden.

- Besonderen Schutz erhalten die **Art. 1** und **20**, die durch Art. 79 Abs. 3 (sogenannte **„Ewigkeitsklausel"**) geschützt sind:
  - Art. 1: „Die Würde des Menschen ist unantastbar"
  - Art. 20: „Verfassung in Kurzform" (Staatsstrukturprinzipien): Demokratie, Sozialstaat, Rechtsstaat, Bundesstaatlichkeit (Föderalismus).

- Aufgrund der Geringschätzung der Parteien u.a. im Nationalsozialismus wurden diese im Grundgesetz erstmalig mit **Art. 21** zu verfassungsrechtlichen Institutionen erhoben: „Parteien wirken bei der politischen Willensbildung des Volkes mit" → **BRD** = **Parteiendemokratie.**

Gewaltenteilung

- Der Gedanke, die Staatsgewalt zu teilen, um Machtmissbrauch zu verhindern, geht auf **Charles de Montesquieu** (1689 – 1755) zurück. Sein klassisches System der Gewaltenteilung **(checks and balances)** sieht die Trennung in Legislative (gesetzgebende Gewalt), Exekutive (ausführende Gewalt = Handeln von Regierung und Verwaltung) und Judikative (richterliche Gewalt) vor.
- Parlamentarische Systeme weisen keine strikte (horizontale) Gewaltenteilung, sondern eine **Gewaltenverschränkung** auf: Statt der Kontrolle der Regierung durch das Parlament stehen die Parlamentsmehrheit und die Regierung der Opposition gegenüber.
- Nach dem Politologen W. Steffani kann man in modernen Demokratien folgende **Ebenen der Gewaltenteilung** unterscheiden:
  - **zeitliche:** Vergabe von Ämtern nur auf Zeit;
  - **vertikale:** Einschränkung der Macht des Zentralstaates durch eine föderale Ordnung;
  - **konstitutionelle:** Verfassungsänderungen mit 2/3-Mehrheiten;
  - **dezisive:** Prozesse, die zur politischen Willensbildung und Entscheidungsfindung führen, finden nicht nur auf staatlicher Ebene statt, Medien, Interessengruppen, Parteien etc. wirken mit;
  - **soziale:** Parteien müssen in Gesellschaften mit unterschiedlichen sozialen Schichten viele Lösungen präsentieren.
- Die Gewaltenteilung in der BRD ergibt sich aus Art. 20 Abs. 3 GG und ist wie folgt umgesetzt:
  - **Gewaltenverschränkung:** Bundesminister (Exekutive) sind oft auch Bundestagsabgeordnete (Legislative); der Parteienproporz (= anteilsmäßige Verteilung) im Bundestag entscheidet über die Besetzung des Bundesverfassungsgerichts (Judikative).
  - **Vertikale Gewaltenteilung:** Trennung von rechtlichen und finanziellen Kompetenzen zwischen Bund und Ländern.
  - Eigenständige Befugnisse der Länder und Kommunen beschränken die Macht der zentralen Verfassungsorgane.
  - Die Länder entscheiden, unabhängig von Berlin, über ihre Bildungs- und Kulturpolitik (Streitpunkt: Digitalpakt 2018).

Staat, Macht, Gewalt und Herrschaft

- **Drei-Elementen-Lehre** von **Georg Jellinek** (1851–1911): Ein Staat ist ein soziales Gebilde, das sich aus folgenden drei Elementen konstituiert:
  - **Staatsvolk:** alle Menschen, die auf einem Staatsgebiet leben und sich mit dem Staat identifizieren, also eine Verbundenheit (genuine link) zu dem Staat haben.
  - **Staatsgebiet:** Fläche, aus der der Staat besteht, die vom Erdmittelpunkt bis zur Stratosphäre reicht.
  - **Staatsgewalt:** bedeutet die originäre, rechtlich gebundene Herrschaftsmacht über das Staatsgebiet (Gebietshoheit) und das Staatsvolk (Personalhoheit).
- **Max Weber** (1864–1920) definiert den **Staat** über das Mittel, das für ihn spezifisch ist, nämlich das **Gewaltmonopol**.
  - Ein Staat ist Weber zufolge die „menschliche Gemeinschaft, welche innerhalb eines Gebietes (...) das Monopol legitimer physischer Gewaltsamkeit für sich (mit Erfolg) beansprucht."
  - Ein Staat ist somit ein auf Legitimität beruhendes „Herrschaftsverhältnis von Menschen über Menschen".
- Ein zentraler Begriff in der Politikwissenschaft ist der Begriff der **Macht**, der für eine **asymmetrische soziale Beziehung** steht.
  - Max Weber definiert ihn als „jede Chance, innerhalb einer sozialen Beziehung den eigenen Willen auch gegenüber Widerstreben durchzusetzen, gleichviel, worauf diese Chance beruht".
  - Macht ist der Kern des Politischen und Politik folglich ein „Streben nach Machtanteil oder nach Beeinflussung der Machtverteilung, sei es zwischen Staaten, sei es innerhalb eines Staates zwischen den Menschengruppen, die er umschließt."
- **Herrschaft** ist ein Fachausdruck für eine Macht, die durch dauerhafte, institutionalisierte Regeln eingegrenzt und durch eine wechselseitige Beziehung zwischen Herrschern und Beherrschten charakterisiert ist.

Herrschaftsformen in der Übersicht

- **Herrschaftsformen** unterscheiden sich darin, **wie die Herrschaft tatsächlich ausgeübt wird**, d.h. welchen Personen oder Gruppen politische Macht zukommt. Im Unterschied zur Herrschaftsform geht es bei der Staatsform um die verfassungsrechtliche Stellung des Staatsoberhauptes und das Regierungssystem.
- Bereits in der Antike waren unterschiedliche Herrschaftsformen bekannt. So entwickelte **Aristoteles** (384–322 v.Chr.) ein Schema anhand der Kriterien „Zahl der Herrschenden" und „Qualität der Herrschaft" (gute Herrschaft = am Allgemeinwohl orientiert, schlechte Herrschaft = am Eigennutz des Herrschers orientiert).
- Die Demokratie lässt sich abgrenzen von:
  - **Monarchie:** erbliche Herrschaft eines Einzelnen, auf Lebenszeit bestellt (z.B. König, Kaiser, Fürsten); man unterscheidet:
    a) **Erb- und Wahlmonarchie,**
    b) **parlamentarische, konstitutionelle** Monarchie = Macht des Monarchen ist durch das Parlament bzw. die Verfassung beschränkt,
    c) **absolute** Monarchie = dem Monarchen kommt unbeschränkt die gesamte Staatsgewalt zu.
  - **Aristokratie:** Der Begriff stammt aus dem Griechischen und bedeutet übersetzt „**Herrschaft der Vornehmsten**", also einer bestimmten **Gruppe**, die aufgrund besonderer Auszeichnung (z.B. Abstammung oder Reichtum) dazu bestimmt ist.
  - **Oligarchie:** Herrschaft der Wenigen (→ S. 48), wobei die Abstammung keine entscheidende Rolle spielt.
  - **Theokratie:** Gottesherrschaft = Herrschaft von religiösen Führern.
  - **Diktatur:** Die Herrschaft wird unbeschränkt von Gesetz, Verfassung oder Konventionen und oft mit Gewalt ausgeübt.

Zahl der Herrschenden	Gemeinwohlorientiert	Eigennutzorientiert
einer	Monarchie	Tyrannis
wenige	Aristokratie (Adelsabstammung)	Oligarchie (Herrschaft der Wenigen)
alle	Ochlokratie (Herrschaft des Pöbels)	Demokratie (Herrschaft des Volkes)

Defekte Demokratie

- **Defekte Demokratie** meint „**Herrschaftssysteme**, die sich durch das Vorhandensein eines **weitgehend funktionierenden demokratischen Wahlregimes** zur Regelung des Herrschaftszugangs auszeichnen, aber durch **Störungen in der Funktionslogik eines oder mehrerer der übrigen Teilregime** die komplementären Stützen verlieren, die in einer funktionierenden Demokratie zur Sicherung von Freiheit, Gleichheit und Kontrolle unabdingbar sind" (Merkel, Wolfgang et al. 2003).
- Je nach Störung des Teilregimes unterscheidet man verschiedene Typen defekter Demokratien (nach Merkel, Wolfgang et al. 2003):

Beschädigte Dimension	Typ
vertikale Legitimations- und Kontrolldimension: eingeschränktes Wahlrecht; keine freien oder fairen Wahlen	**exklusive Demokratie** (z. B. Lettland, Thailand)
Rechtsstaat: unvollständiger Verfassungsstaat, beschädigter Rechtsstaat, gewählte Regime beschädigen Grund-, Menschen- und liberale Freiheits- und Bürgerrechte	**illiberale Demokratie** (z. B. Russland, Ukraine, Bangladesch)
horizontale Kontrolldimension: Umgehung des Parlaments, Einwirken auf die Justiz durch die Regierung	**delegative Demokratie** (z. B. Südkorea, Argentinien)
effektive Herrschaftsgewalt: Militär, Unternehmen und andere Akteure mit Vetomacht trotz fehlender Legitimation durch Wahlen	**Enklavendemokratie** (z. B. Chile, Indonesien)

Rechtsstaat

- In einem Rechtsstaat ist eine Rechtsordnung errichtet und garantiert **(formeller Rechtsstaat)**. Außerdem sind bestimmte Grundsätze in die Verfassung aufgenommen **(materieller Rechtsstaat)**.
- Zentrale Elemente des Rechtsstaates sind die **Rechtsgleichheit**, **Rechtssicherheit** und die **Sicherung der Freiheit** (Grundrechte).
- Im Grundgesetz ist das Rechtsstaatsprinzip nicht explizit erwähnt. Es lässt sich jedoch aus zahlreichen Artikeln ableiten.
- **Sicherung der Freiheit:**
  - Art. 1: **Menschenwürde** als oberster Verfassungsgrundsatz; Art. 1 ist, zusammen mit Art. 20, geschützt durch Art. 79.
  - Art. 1 Abs. 3: Gewährleistung **persönlicher Grundrechte**, die für die Exekutive, Legislative und Judikative „unmittelbar geltendes Recht" sind. Sie beinhalten **Abwehrrechte** gegen unzulässige staatliche Eingriffe (z. B. Briefgeheimnis, Meinungsfreiheit).
- **Rechtsgleichheit:** Art. 3: Gleichheit vor dem Gesetz
- **Rechtssicherheit:**
  - Art. 3, Rechtssicherheit: Rückwirkungsverbot = keine Bestrafung auf Basis eines Gesetzes, das zum Tatzeitpunkt nicht existierte.
  - Art. 19 Abs. 4: Rechtsschutz gegen staatliche Gewalt.
  - Art. 20 Abs. 2 u. 3: Gewaltenteilung und Bindung des Gesetzgebers, der Verwaltung und der Gerichte an Recht und Gesetz.
  - Art. 28 Abs. 1: Die verfassungsmäßige Ordnung in den Ländern muss den Grundsätzen des (...) Rechtsstaates im Sinne dieses Grundgesetzes entsprechen.
  - Außerdem: Vorrang der Verfassung vor anderen Gesetzen und Rechtsverordnungen; Vorhersehbarkeit rechtlicher Folgen; Gebot der Verhältnismäßigkeit von Mittel und Zweck; Rechtswegegarantie zur Durchsetzung rechtlicher Ansprüche (Widerspruch, Klage, Revision); Möglichkeit der Verfassungsbeschwerde.

Streitbare (wehrhafte) Demokratie

- Die Verfassung der BRD sieht Maßnahmen vor, die Demokratie vor politischen Extremen von rechts und links zu schützen. Dies geht zurück auf die historische Erfahrung, dass der Aufstieg des Nationalsozialismus in der Schlussphase der Weimarer Republik nicht verhindert werden konnte.
  - Art. 79 Abs. 3 („**Ewigkeitsklausel**") erklärt Art. 1 und Art. 20 und somit die Menschenwürde sowie die Prinzipien Sozial-, Rechts- und Bundesstaat für unveränderbar.
  - Art. 21 Abs. 2 erklärt Parteien, deren Ziele oder Verhalten sich gegen die freiheitlich-demokratische Grundordnung (FDGO) richten, für verfassungswidrig und ermöglicht somit das Parteienverbot durch das Bundesverfassungsgericht (bisher zwei erfolgreiche Parteiverbotsverfahren: 1952 SRP und 1956 KPD).
  - Art. 5 Abs. 3 bindet die Freiheit der Lehre an die Treue zur Verfassung.
  - Art. 9 Abs. 2. verbietet Vereinigungen, deren Zweck oder Tätigkeit „den Strafgesetzen zuwiderlaufen oder die sich gegen die verfassungsmäßige Ordnung oder den Gedanken der Völkerverständigung richten".
  - Art. 18 ermöglicht die Verwirkung von Grundrechten, wenn Grundfreiheiten wie z. B. Presse-, Lehr- oder Versammlungsfreiheit für den Kampf gegen die freiheitlich-demokratische Grundordnung genutzt werden.
  - Art. 19 Abs. 2 verbietet, den Wesensgehalt von Grundrechten anzutasten.
  - Ferner werden Straftaten, die sich gegen den Bestand des Staates (z. B. Hochverrat) oder gegen die Verfassung richten, als sogenannte Staatsschutzdelikte verfolgt.

Funktionen von Wahlen, Wählertypen

- Demokratische Wahlen erfüllen die Wahlrechtsgrundsätze, nach denen Wahlen **allgemein, frei, gleich, direkt** und **geheim** sind.
- **Funktionen von Wahlen:**
  - Legitimation des politischen Systems und der Regierung für ihr Handeln,
  - Rekrutierung des politischen Personals,
  - Politisierung der Bevölkerung durch Verdeutlichung von politischen Alternativen,
  - Bildung einer Opposition und Regierung über parlamentarische Mehrheiten,
  - Chance zum Machtwechsel und somit zur Kontrolle der Regierung.
  - Wahlen ermöglichen die Konkurrenz unterschiedlicher politischer Parteien und Programme,
  - Repräsentation und Integration des gesellschaftlichen Pluralismus.
- Wähler lassen sich verschiedenen **Wählertypen** zuordnen:
  - **Stammwähler** verfügen über eine Parteiidentifikation und wählen stets die gleiche Partei; sie lassen sich oftmals Milieus zuordnen, die jedoch zunehmend an Bedeutung verlieren.
  - **Wechselwähler** stimmen bei zwei aufeinanderfolgenden Wahlen für unterschiedliche Parteien (ca. 25 – 30 %).
  - **Nichtwähler** lassen sich in technische, grundsätzliche, bekennende und konjunkturelle Nichtwähler unterteilen; der Anteil an Nichtwählern bei der Bundestagswahl 2017: 23,8 % (1972: 8,9 %); die Nicht-Wahl stärkt extreme Parteien.
  - **Protestwähler** geben ihre Stimme aufgrund von Unzufriedenheit ab und wählen häufig rechts- oder linkspopulistische Parteien.
  - **Taktische Wähler** nehmen oftmals ein Stimmensplitting vor: die Erststimme geht an Kandidaten einer großen, die Zweitstimme an eine kleinere Partei (Bundestagswahl → S. 34).

Wahlrecht: Mehrheits- und Verhältniswahlrecht

- Die Wahlsysteme, die in demokratischen Staaten entstanden sind, lassen sich auf die Grundmodelle Mehrheits- und Verhältniswahlrecht zurückführen. Sie unterscheiden sich darin, wie die Stimmen der Wähler in Mandate umgewandelt werden.
- Beim **Mehrheitswahlrecht** wird das Wahlgebiet in Wahlkreise eingeteilt. In jedem Wahlkreis gewinnt die Person mit der absoluten (mehr als die Hälfte) oder relativen (einfachen) Mehrheit der abgegebenen Stimmen. Beispiele für absolutes Mehrheitswahlrecht: Frankreich, für relatives Mehrheitswahlrecht: Großbritannien, USA.
  - **Vorteile:** Tendenz zum Zweiparteiensystem; klarere Mehrheiten; schnellere Regierungsbildung, stabilere Regierungen (meist keine Koalitionen); Machtwechsel ist erleichtert; größere Bürgernähe der Abgeordneten.
  - **Nachteile:** Benachteiligung kleinerer Parteien; Wahlkreisgeometrie (= Zuschnitt des Wahlkreises kann das Ergebnis beeinflussen); „Winner-takes-all"-Prinzip wird als unfair empfunden. So gewann z. B. Hillary Clinton bei der Wahl 2016 zwar mehr Stimmen als Donald Trump, jedoch weniger Wahlmänner.
- Beim **Verhältniswahlrecht** erfolgt die Mandatsverteilung auf die Parteien proportional zu den Stimmen, die die jeweilige Partei bekommt. Von den Parteien werden dafür Kandidatenlisten erstellt, die für das gesamte Wahlgebiet gelten (Bsp.: Schweiz, Italien).
  - **Vorteile:** getreuere Abbildung des Wählerwillens im Parlament; keine verlorenen Stimmen und dadurch ein Mehr an Gerechtigkeit; Absicherung wichtiger Kandidaten per Listen, größere Chancen für neue Parteien.
  - **Nachteile:** unpersönliche Listenwahl, möglicherweise instabilere Regierungen und ein fragmentiertes Vielparteiensystem.
- Das **Wahlsystem der BRD** nennt sich **personalisiertes Verhältniswahlrecht**, bei dem der Wähler zwei Stimmen hat: Mit der **Erststimme** wählt er nach dem Mehrheitswahlrecht einen Kandidaten in seinem Wahlkreis, mit der **Zweitstimme** eine Partei. Nur Parteien, die **5 % der Zweitstimmen** oder mindestens drei Wahlkreise (Sonderfall) gewinnen, ziehen in den Bundestag ein.

Theorien des Wählerverhaltens

- Die Frage, wer wen warum wählt, versuchen unterschiedliche Theorien zu erklären.
- Der **makrosoziologische Ansatz** (nach Lipset/Rokkan) geht von einem Zusammenhang zwischen der Herausbildung des westeuropäischen Parteiensystems und den Demokratisierungsprozessen im 19. und 20. Jahrhundert aus. In diesen Prozessen bewältigten die Länder Konflikte: die Gegensätze zwischen Arbeit und Kapital, zwischen ländlich-agrarischen und städtisch-handwerklichen Gebieten, zwischen Zentrum und Peripherie, Kirche und Staat. Politische Eliten koalierten dabei jeweils mit einer der Konfliktparteien. Diese Verbindungen entwickelten sich zu festen Konfliktlinien (**Cleavages**) in der Gesellschaft, von denen heute noch Arbeit und Kapital sowie Materialismus und Postmaterialismus als neue Konfliktlinie relevant sind.
- Nach dem **individualpsychologischen Ansatz** (Campbell, Ann Arbor) resultiert die Wahlentscheidung aus
  - dem langfristigen Faktor Parteiidentifikation (PI) = eine im Zuge der **Sozialisation** erworbene „psychologische Parteimitgliedschaft“ und
  - den kurzfristigen Faktoren Kandidaten- und Themenbewertung.

  Den größten Einfluss hat die PI, allerdings können die kurzfristigen Faktoren vor einer Wahl entscheidend werden (z. B. Skandale eines Kandidaten).
- Dem Modell **des rationalen Wählers** liegt die Annahme zugrunde, dass der Wähler die Partei wählt, von der er sich den größten Nutzen verspricht (**rational choice**). Er orientiert sich an aktuellen Streitfragen (issues) und erstellt für seine Wahlentscheidung ein **Nutzendifferential** aus der Arbeit der aktuellen Regierung und dem vermuteten Ergebnis der Oppositionspartei.
- Das Modell der **sozialen Milieus** unterteilt die Gesellschaft in zehn soziale Milieus, die durch gleiche Grundwerte, Einstellungen und Lebensweisen gekennzeichnet sind. Parteien können, um Wähler zu gewinnen, abgestimmt auf diese Einteilung zielgruppengerecht handeln.

Demoskopie

- Der Begriff „Demoskopie“ (= Umfrageforschung) geht zurück auf griech. „demos“ = Volk und griech. „skopein“ = beobachten.
- Die Demoskopie als Teilgebiet der Empirischen Sozialforschung beschäftigt sich mit **Einstellungen, Werten, Normen, Kenntnissen, Absichten** und **Verhaltensweisen** in der Bevölkerung, die auf der Grundlage von Repräsentativumfragen erhoben werden.
- Umfragen gelten in der Statistik als **repräsentativ**, wenn die **Stichprobe** (= Auswahlgesamtheit, d.h. die Anzahl der Befragten) die Grundgesamtheit (= jene, über die Aussagen gemacht werden) hinsichtlich bestimmter Eigenschaften getreu widerspiegelt.
- Die zu befragende Personengruppe wird durch die Methode des repräsentativen Querschnitts festgelegt, einem Auswahlverfahren, bei dem jeder aus der Grundgesamtheit dieselbe Chance hat, befragt zu werden. Diese zufallsgesteuerten Verfahren gewährleisten die Repräsentativität der Stichprobe, sodass man mittels der Stichprobe Aussagen über die Gesamtheit treffen kann.
- Die Erhebung individueller Daten über Umfragen ist auf der Mikroebene angesiedelt, die Betrachtung der Gesamtheit auf der Makroebene (→ S. 18).
- **Methoden:** Befragungen (persönlich, per Telefon), Beobachtungen, Inhaltsanalysen (z.B. Analyse von Medien).
- **Chancen:** Durch die Demoskopie können Meinungen der Bevölkerung in Erfahrung gebracht und in den Prozess der politischen Meinungsbildung einbezogen werden. Dadurch werden diese Meinungen zu einem **quasiplebiszitären Element** in einer Verfassungswirklichkeit.
- **Schwierigkeiten:** z.B. **Validität** von Messungen: Messen die Messinstrumente das, was sie messen sollen? **Reliabilität:** Wie zuverlässig ist die Messung? Vorwurf der Meinungsbeeinflussung.

Föderalismus

- Föderalismus geht zurück auf lat. „foedus" = Bündnis und bezeichnet ein Organisationsprinzip, bei dem grundsätzlich gleichberechtigte und eigenständige Gliedstaaten zu einem Gesamtstaat zusammengeschlossen sind.
- Der Föderalismus kann als **Staatenbund** oder als **Bundesstaat** ausgestaltet sein. Im Unterschied zu einem Staatenbund verfügt ein Bundesstaat über eine Zentralgewalt mit gesamtstaatlichen Organen.
- Die **Bundesrepublik Deutschland** ist nach Art. 20 Abs. 1 GG ein „demokratischer und sozialer Bundestaat". Die föderalistische Organisation der Staatsgewalt wird durch Art. 79 („Ewigkeitsklausel") Abs. 3 GG streng geschützt.
- Der deutsche Föderalismus ist historisch begründet: 1933 wurde er durch die „Gleichschaltung der Länder" durch die Nationalsozialisten erstmals gebrochen. Nach 1945 sahen die Alliierten im Föderalismus ein Mittel zur Verhinderung von Machtkonzentration.
- Er beruht auf den Grundsätzen „Solidarität" und „Subsidiarität":
  - **Solidarität** zeigt sich insbesondere im Länderfinanzausgleich, der das Ziel hat, die Gleichwertigkeit der Lebensverhältnisse zu gewährleisten (Art. 72 Abs. 2 GG).
  - **Subsidiarität** zur Kompetenzaufteilung: Aufgaben und Verwaltung sind zunächst auf der niedrigsten Ebene auszuführen, der Bund übernimmt diese nur bei bestehender Notwendigkeit.
- **Vorteile:** bessere Machtverteilung, Wettbewerb der Länder mit belebender Konkurrenz; mehr Möglichkeiten der politischen Partizipation, Bürgernähe, Vielfalt (kulturelle, politische, wirtschaftliche).
- **Kritik:** Schwerfälligkeit, Intransparenz und Kosten von Entscheidungsprozessen; Uneinheitlichkeit (z. B. Bildungspolitik); Möglichkeit der Blockade von Bund und Ländern (→ S. 39).

Länderfinanzausgleich

- Das Grundgesetz Art. 72 Abs. 2 fordert „gleichwertige Lebensverhältnisse im Bundesgebiet" und räumt dem Bund hierfür Gesetzgebungsrecht in bestimmten Bereichen ein. Dies wird durch den **Länderfinanzausgleich** (Art. 107 GG) und **Bundesergänzungszuweisungen** (Art. 106 GG) gewährleistet.
- Der Länderfinanzausgleich hat zwei Komponenten:
  - **Umsatzsteuerausgleich** nach Art. 107 GG: Bis zu 25 % des Länderanteils an der Umsatzsteuer werden als Ergänzungsanteile an Länder verteilt, deren Einnahmen/Einwohner aus Einkommens-, Körperschafts- und Landessteuern unterhalb des Länderdurchschnitts liegen.
  - **Horizontaler Finanzausgleich:** Finanzstarke Länder zahlen Zuschüsse an finanzschwächere. Zu den Geberländern gehörten 2018 Bayern, Baden-Württemberg, Hessen und Hamburg.
- **Kritik:** Das bisherige System war als Spitzenausgleich konzipiert und ist mit dem Hinzukommen der neuen Bundesländer überfordert. Die Geberländer argumentieren, den Nehmerländern fehle der Anreiz zu Verbesserungen, zudem sei das System intransparent.
- **Ab 2020: Neuregelung des Länderfinanzausgleichs**, was Grundgesetzänderungen voraussetze.
  - Anstelle von Länderfinanzausgleich wird künftig von **Finanzkraftausgleich** gesprochen; der Solidarpakt und der Länderfinanzausgleich werden verschmolzen. Die Länder erhalten jährlich 9,75 Mrd. € vom Bund, Tendenz steigend.
  - Abschaffung des Umsatzsteuervorwegausgleichs (= Zuordnung des Länderanteils am Umsatzsteueraufkommen der einzelnen Länder) und des horizontalen Finanzausgleichs; stattdessen Ausgleich der Finanzunterschiede durch den Bund durch die Verteilung der Umsatzsteuereinnahmen → Zahlungen zwischen Bundesländern bleiben aus.
  - Die Länder geben Befugnisse an den Bund ab, z. B. ist künftig der Bund allein verantwortlich für den Bau von Autobahnen. Die Möglichkeit von Investitionen in die kommunale Infrastruktur soll erleichtert werden, z. B. Schulsanierungen.

Bundestag (Art. 38 – 48 Grundgesetz)

- Der Bundestag wird alle vier Jahre direkt vom Volk gewählt. Damit kommen ihm eine besondere demokratische Legitimation und folgende zentrale Aufgaben zu:
  - **Artikulationsfunktion:** Er spiegelt die im Volk vorhandenen politischen Auffassungen wider.
  - **Wahlfunktion:** Er wählt den Bundeskanzler.
  - **Kontrollfunktion:** Der Bundestag und insbesondere die Opposition kontrollieren die Bundesregierung, z. B. durch kleine und große Anfragen, aktuelle Stunden, schriftliche oder mündliche Anfragen. Ferner verfügt er über das Budgetrecht.
  - **Gesetzgebungsfunktion:** Zusammen mit dem Bundesrat obliegt ihm die Aufgabe der Gesetzgebung.
- **Neuer Dualismus:** Anstelle eines Dualismus von Gesamtparlament und Regierung liegt in parlamentarischen Regierungssystemen in Dualismus von **Parlamentsmehrheit und Regierung** und **parlamentarischer Opposition** vor. Der Parlamentsmehrheit obliegt insbesondere die Wahl- und Gesetzgebungsfunktion, der Opposition die Kontrollfunktion.
- Bundestagsabgeordnete agieren nicht als Einzelakteure, sondern schließen sich, je nach Parteizugehörigkeit, zu **Fraktionen** zusammen, z. B. sechs Fraktionen in der Legislaturperiode ab 2017 (CDU/CSU, SPD, Bündnis 90/Grüne, Die Linke, FDP, AfD, insgesamt 709 Abgeordnete). Der Entscheidungsprozess findet fraktionsintern statt. Im Plenum werden bereits feststehende Standpunkte der Öffentlichkeit dargelegt, das Abstimmungsergebnis steht bereits zuvor fest (Freiheit des Mandats versus Fraktionsdisziplin).
- Der Bundestag ist somit nach Max Webers Definition eher ein **Arbeitsparlament** (Verlagerung der Diskussionen und der Arbeit in Ausschüsse) als ein Redeparlament (Erörterung politischer Fragen vorwiegend im Plenum). Die Abgeordneten verfügen über ein **freies Mandat**. Sie sind nicht an Aufträge und Weisungen ihrer Wähler und Partei gebunden, sondern nur ihrem Gewissen unterworfen (Art. 38 GG).

Wahl zum Bundestag

- Wahlgrundsätze: Die Abgeordneten werden gewählt in
  - **allgemeiner** (alle volljährigen Staatsbürger dürfen wählen),
  - **unmittelbarer** (nicht über Wahlmänner),
  - **freier** (keine Wahlpflicht),
  - **gleicher** (jede Stimme zählt gleich viel) und
  - **geheimer** (in Wahlkabinen und Wahlurnen) Wahl.
- **Personalisiertes Verhältniswahlrecht**: Seit 1953 haben die Wähler zwei Stimmen. Der Wähler stimmt mit der **Erststimme** in **relativer Mehrheitswahl** für einen Bundestagskandidaten aus seinem Wahlkreis (299 Wahlkreise). Mit seiner **Zweitstimme** wählt er eine Partei nach dem **Verhältniswahlrecht**.
- **Ermittlung der Sitze im Parlament:**
  - 5 %-Klausel: Berücksichtigt werden nur Parteien, die mindestens 5 % der Zweitstimmen oder drei Direktmandate gewonnen haben.
  - Die Verteilung der Sitze – ermittelt aus dem Zweitstimmenergebnis der Parteien – ergibt die Mindestsitzzahl im Bundestag für jede Partei. Diese Sitze werden zunächst an die Inhaber der Direktmandate vergeben. Die noch freien Plätze erhalten die Kandidaten der 16 Landeslisten der Partei, entsprechend dem Zweitstimmenergebnis der Partei in den 16 Bundesländern.
  - Hat eine Partei mehr Direktmandate erreicht als ihr Sitze durch ihr Zweitstimmenergebnis zustehen, bleiben diese als Überhangmandate erhalten. Seit 2013 wird die so entstehende Verzerrung des Zweitstimmenergebnisses durch Ausgleichsmandate wieder bereinigt.
- **Bewertung**: Aufblähung des Bundestags, komplex, Stimmensplitting (taktische Verteilung von Erst- und Zweitstimme) → geändert werden könnte das Wahlsystem mit der Bundestagsmehrheit.
- Wahlbeteiligung: durchschnittlich 83 %; sinkt tendenziell; ist im internationalen Vergleich noch recht hoch (Vergleich Präsidentschaftswahl USA ca. 50 – 60 %).

Bundeskanzler (Art. 62 – 69 Grundgesetz)

- Seine Wahl erfolgt auf Vorschlag des Bundespräsidenten direkt durch das Parlament. Er hat zahlreiche Befugnisse, die die Handlungsfähigkeit der Bundesregierung sichern sollen (Art. 63 GG).
  - **Bildung der Bundesregierung:** Er und seine Minister bilden zusammen das Kabinett (Art. 64 GG).
  - **Richtlinienkompetenz:** Nach Art. 65 GG bestimmt er „die Richtlinien der Politik und trägt die Verantwortung". Fachminister leiten innerhalb dieser Richtlinien (= Rahmen) ihre Ministerien und sind ihm Rechenschaft schuldig. Er kann ferner vorschlagen, welche Minister entlassen werden. Diesem Vorschlag kommt der Bundespräsident dann nach.
  - **Organisationsgewalt:** Er bestimmt die Zahl und die Geschäftsbereiche der Bundesminister; zudem ist ihm der Bundesnachrichtendienst (BND) und das Presse- und Informationsamt der Bundesregierung unterstellt.
- **Grenzen der Macht:** Die Richtlinienkompetenz wird durch die Notwendigkeit zur **Kooperation** innerhalb von Koalitionen eingeschränkt. Auch können die Interessen der Länder, die über den Bundesrat (→ S. 39) am Gesetzgebungsprozess beteiligt sind, im **föderativen System** nicht ignoriert werden. Seine Macht ist zudem auch von seinem **Ansehen in der Fraktion** abhängig.
- Der Bundeskanzler wird als einziges Mitglied der Bundesregierung **direkt** gewählt und kann durch ein **konstruktives Misstrauensvotum** (Art. 67 GG) direkt des Amtes enthoben werden: Der Bundestag muss mit der Mehrheit seiner Mitglieder einen neuen Kanzler wählen. Mit der Amtszeit des Kanzlers endet auch die der Bundesminister (Beispiele: 1972 gescheitertes Misstrauensvotum gegen Willy Brandt, 1982 erfolgreich gegen Helmut Schmidt).
- Durch die **Vertrauensfrage** (Art. 68 GG) kann der Bundeskanzler die Neuwahl initiieren oder seine Position stabilisieren, indem er z. B. Abgeordnete, die die Koalition auflösen möchten, hinter sich zwingt. Die Vertrauensfrage ist ein Machtinstrument des Kanzlers, z. B. gestellt von Helmut Kohl 1982, von Gerhard Schröder 2005. Scheitert sie, darf der Bundespräsident den Bundestag auflösen.

Bundesregierung (Art. 62–69 Grundgesetz)

- Die **Bundesregierung** (Kabinett) setzt sich aus dem **Bundeskanzler** und den **Bundesministern** zusammen. Der Bundeskanzler hat eine herausragende Stellung in der Bundesregierung. Er bestimmt die Minister, die er dem Bundespräsidenten dann verbindlich zur Ernennung vorschlägt.
- Die Minister sind dem Bundeskanzler gegenüber weisungsgebunden. Das Grundgesetz hebt jedoch hervor, dass die Minister innerhalb eines vorgegebenen Rahmens (→ S. 35) ihren Geschäftsbereich selbstständig leiten. Die tatsächliche Stellung und damit Macht eines Ministers hängt von seinem jeweiligen Geschick ab, seinem Umgang mit den Medien und der Öffentlichkeit sowie seinem Rückhalt im Parlament.
- Die Bundesregierung hat folgende **Aufgaben**:
  - **Steuerungsfunktion:** Die Bundesregierung setzt den Willen der parlamentarischen Mehrheit (→ S. 33) in praktische Politik um. Ihr obliegt es, aus zahlreichen Einzelgesetzen eine konsistente Politik zu entwickeln. Deutlich wird dabei, dass die Staatsleitung ein gemeinsamer Prozess zwischen dem Parlament (der Parlamentsmehrheit) und der Regierung ist.
  - **Durchführungsfunktion:** Sie trägt die Verantwortung für die Ausführung der Gesetze durch Bundesbehörden.
- Die Zusammenarbeit innerhalb der Bundesregierung beruht dem Grundgesetz zufolge auf drei Prinzipien:

Kanzlerprinzip	Ressortprinzip	Kollegialprinzip
Der Bundeskanzler bestimmt die Richtlinien der Politik und trägt dafür die Verantwortung (Richtlinienkompetenz)	Der zuständige Minister leitet seinen Aufgabenbereich selbstständig (innerhalb der Richtlinien des Bundeskanzlers)	Bei Themen von allgemeiner politischer Bedeutung entscheiden Kanzler und Minister gemeinsam

Bundespräsident (Art. 54–61 Grundgesetz)

- Er ist das Staatsoberhaupt der BRD, das von der Bundesversammlung (gleiche Anzahl von Bundestagsabgeordneten und Vertretern der Länderparlamente) für fünf Jahre gewählt und einmal direkt wiedergewählt werden kann.
- Der Bundespräsident hat vorwiegend **repräsentative Funktionen** und unter anderem folgende **Aufgaben**:
  - Repräsentation der BRD nach innen und außen;
  - Völkerrechtliche Vertretung des Bundes im Ausland, Abschluss von Verträgen mit anderen Staaten und Empfang von Gesandten;
  - Vorschlag für die Wahl des Kanzlers;
  - Ernennung und Entlassung des Kanzlers;
  - Ernennung und Entlassung von Bundesrichtern, Bundesbeamten und Soldaten;
  - Unterzeichnung und Verkündung von Gesetzen (Art. 82 GG);
  - Begnadigungsrecht.
  - In Krisenzeiten ist er „Reservegewalt“ (Theodor Eschenburg, Politikwissenschaftler), z. B. im Gesetzgebungsnotstand oder bei schwieriger Regierungsbildung wie im Jahr 2017 (Bundespräsident Steinmeier als „Manager der Instabilität“).
  - Thematisierung wichtiger Fragestellungen über öffentlichkeitswirksame Reden, z. B. Richard Weizäcker zum 8.5.1945.
  - Ist der Bundespräsident verhindert, ist der Präsident des Bundesrates seine Vertretung.
- **Bewertung des Amtes:** Aufgrund der Erfahrungen der Weimarer Republik ist das Amt des Bundespräsidenten in der BRD ein schwaches Amt (außer in Krisenzeiten), das Staatsoberhaupt ist oberster Repräsentant und „Staatsnotar“. Zur Weimarer Zeit hatte der Reichspräsident quasi die Stellung eines Ersatzkaisers. Er wurde für sieben Jahre direkt vom Volk gewählt und hatte u.a. den Oberbefehl über die Reichswehr und ernannte bzw. entließ den Reichskanzler. Eine solche Machtstellung sollte er in der BRD nicht haben.

Bundesverfassungsgericht (BVerfG, Art. 92–100 GG)

- Das BVerfG mit Sitz in Karlsruhe ist das oberste Verfassungsgericht in Deutschland und als Verfassungsorgan gleichranging zu anderen Verfassungsorganen (Bundestag, Bundesrat, Bundespräsident, Bundesregierung).
- Das BVerfG wird nur auf Anruf tätig und prüft ausschließlich die Verfassungskonformität von Gesetzen. Es steht im Konfliktfall über Legislative und Exekutive.
- Aufbau: Es gibt zwei Senate mit je acht Richtern; der erste Senat wird vom Präsidenten des BVerfG geführt, der zweite von seinem Stellvertreter. Die Richter werden je zur Hälfte vom Wahlausschuss des Bundestages und vom Bundesrat für 12 Jahre gewählt.
- Die **Aufgaben und Kompetenzen** des BVerfG gelten im internationalen Vergleich als am weitreichsten. Hierzu gehören:
  - Die **Überwachung der Einhaltung des Grundgesetzes** („Hüterin der Verfassung");
  - Maßnahmen zur **Sicherung der Demokratie** → Prinzip der wehrhaften Demokratie S. 51; Parteienverbot Art. 21 Abs. 2 GG;
  - **Verfassungskonformität von Gesetzen:** Normenkontrolle (Art. 93 Abs. 1 GG): Überprüfung eines Gesetzes auf seine Verfassungsmäßigkeit (Antrag durch die Bundesregierung, Landesregierungen oder 1/4 der Mitglieder des Bundestages); Verfassungsbeschwerden;
  - **Zuständigkeitsstreitigkeiten** zwischen Verfassungsorganen (Art. 93 Abs. 1 GG): Oberste Bundesorgane, Bundestagsabgeordnete oder Parteien können ihre Rechte geltend machen.
- **Vorwurf der Justizialisierung von Politik:** Oppositionen wenden sich an das Gericht, um ihre im Parlament unterlegene Auffassung zu einem Sachverhalt doch noch durchzusetzen. Wenn das Gericht zudem in Urteilen noch über den Sachverhalt hinaus Fragen thematisiert, entwickelt es sich zu einem **Ersatz-Gesetzgeber**.
- Wichtige Entscheidungen: Hartz-IV-Regelsatz, Kopftuch-Urteil, Lebenspartnerschaftsgesetz, Kruzifix-Beschluss.

Bundesrat (Art. 50 – 53 Grundgesetz)

- Der Bundesrat hat 69 Mitglieder, die von den Länderregierungen mit einem **imperativen Mandat** entsendet werden (= Mitglieder müssen sich an Weisung der Landesregierung halten). Seine Zusammensetzung ändert sich jeweils nach Landtagswahlen.
- Die Stimmverteilung im Bundesrat ist ein Kompromiss zwischen dem föderativen Prinzip **der Gleichberechtigung der Länder** und dem Grundsatz einer **gleichen Repräsentanz der Bürger**: Die Anzahl an Stimmen richtet sich nach der Bevölkerungszahl der Länder. Jedes Land hat mindestens drei (z. B. Saarland) und höchstens sechs (z. B. Bayern) Stimmen und muss **einheitlich abstimmen**. Die Bevölkerung kleinerer Länder ist überrepräsentiert.
- Der Bundesrat ist in jeden Gesetzgebungsakt einbezogen, denn die Bundesregierung muss ihre Gesetzesentwürfe zuerst dem Bundesrat zur Stellungnahme vorlegen. Nachdem der Bundestag dann über ein Gesetz entschieden hat, erfolgt die zweite Lesung im Rat. Sein Einfluss hängt von der Art der Gesetze ab:
  - **Einspruchsgesetze**: Der Bundesrat kann ein **suspensives Veto** (aufschiebendes Veto) einlegen. Die Gesetze berühren nicht direkt die Länder, sondern z. B. auswärtige Angelegenheiten.
  - **Zustimmungsgesetze**: Hier besitzt er **absolute Vetomacht**. Dazu gehören verfassungsändernde Gesetze sowie Gesetze, die auf das Bund-Länder-Verhältnis (z. B. Finanz- und Steuergesetze) oder die Verwaltung Einfluss haben.
- Die Verschränkung zwischen Bund und Ländern wird als **kooperativer Föderalismus** bezeichnet. Der Politologe Fritz Scharpf (2006) spricht von der Gefahr einer „**Verflechtungsfalle**“, wenn sich die steigende Zahl zustimmungsbedürftiger Gesetze negativ auf die Handlungs- und Reformfähigkeit der BRD auswirkt. Diese ist auch dann geringer, wenn die Opposition des Bundestages im Bundesrat die Mehrheit hat und dadurch der Bundesrat zu einem **Blockadeorgan** werden kann.
- Der Bundesrat ist ein Beispiel für eine **Gewaltenverschränkung** (→ S. 39): Seine Mitglieder sind auf Landesebene Teil der Exekutive und übernehmen im Bundesrat legislative Aufgaben.

Gesetzgebungsprozess

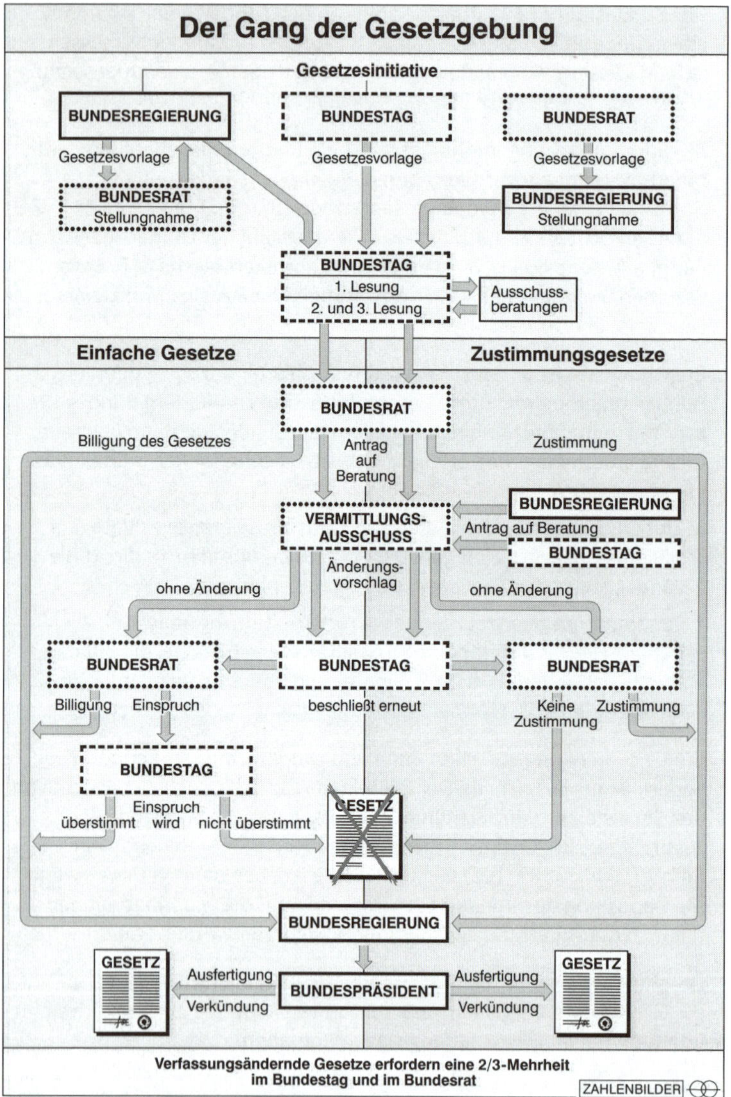

Aufgabenverteilung zwischen Bund und Ländern

- Nach **Art. 30 GG** obliegt die Ausübung staatlicher Befugnisse und die Erfüllung staatlicher Aufgaben den Ländern.
- Nach **Art. 70 GG** haben die Länder das Recht der Gesetzgebung. Der Bund darf staatliche Befugnisse nur übernehmen bzw. Gesetze erlassen, wenn das Grundgesetz ihn dazu ausdrücklich befugt. In der Realität liegen die meisten Gesetze dennoch beim Bund.
- Das Grundgesetz sieht die Aufgaben des Bundes bei der **ausschließlichen** und der **konkurrierenden Gesetzgebung.** Von der konkurrierenden Gesetzgebung kann er Gebrauch machen,

  1. ohne dass bestimmte Bedingungen erfüllt sein müssen;
  2. um die Wirtschafts- und Rechtseinheit sicherzustellen oder um im Bundesgebiet für gleiche Lebensverhältnisse zu sorgen;
  3. indem er zwar seine Gesetzgebungskompetenz ausübt, die Länder jedoch abweichende Regelungen treffen dürfen.
- Grundsätzlich gilt, dass Landesgesetze Bundesgesetzen nicht widersprechen dürfen (Art. 31 GG: Bundesrecht bricht Landesrecht)

ausschließliche Gesetzgebung des Bundes (Art. 30 GG)	Überschneidungen	ausschließliche Gesetzgebung der Länder (Art. 70 GG)
• Passwesen, Staatsangehörigkeit • auswärtige Angelegenheiten, Verteidigung, Terrorabwehr • Einwanderung • Post- und Telekommunikationswesen • Kernenergie • Zoll, Außenhandel	• Straßenverkehr • öffentliche Fürsorge • bürgerliches Recht, Strafrecht • Arbeitsrecht, Besoldung	• Schul- und Hochschulwesen, Bildung • Rundfunk, Fernsehen • Polizeiwesen • Kultur

Politik- und Parteienverdrossenheit

- Politik- bzw. Parteienverdrossenheit bezeichnet eine **wachsende Distanzierung und Entfremdung** der Bürger von der Politik im Allgemeinen oder von den politischen Parteien im Speziellen.
- Parteienverdrossenheit ist in der BRD seit Anfang der 1980er-Jahre zu erkennen. Indikatoren hierfür sind: Abnahme der Parteiidentifikation (PI, 1977 verfügten 79,4 % über eine PI, 2016 noch 60,9 %, die Werte in Ostdeutschland liegen deutlich unter denen des Westens), sinkendes Vertrauen in die Parteien bzw. ihre Problemlösungskompetenz, sinkende Mitgliederzahlen, steigende Zahl an Nicht- und Wechselwählern; nachlassender Zentralisierungsgrad des Parteiensystems (die ehemals großen Parteien vereinen immer weniger Stimmen auf sich, dafür entstehen neue Parteien wie z. B. die AfD).
- **Ursachen für Parteienverdrossenheit:**
  - **Omnipräsenz von Parteien:** Wenn sich Parteien für alle Aspekte in der Gesellschaft verantwortlich fühlen und überall präsent sind (z. B. bei Eröffnungen von Gemeindezentren, Kindergärten), werden sie auch von den Bürgern für alles verantwortlich gemacht.
  - **These von der Video- bzw. Medienmalaise:** Die negative Berichterstattung über Politik in den Medien ist die Ursache von Politik- und Parteienverdrossenheit, da sie den Zweifel an der Problemlösungskompetenz der Politik und der Parteien fördert (für die BRD ist die These im Hinblick auf das Fernsehen nicht haltbar).
  - **Funktionsdefizite:** Parteien fällt es immer schwerer, die Interessen der Bevölkerung zu artikulieren, z. B. aufgrund der Heterogenisierung der Lebensstile und aufgrund von Individualisierungsprozessen.
  - **Fehlverhalten von Politikern**, ihre Selbstdarstellung und Skandale; Gefühl der Abgehobenheit der politischen Elite.
  - **Auflösung sozialmoralischer Milieus** wie z. B. des katholischen und sozialdemokratischen Milieus → Wegfall von Stammwählern.
  - **Mangelnde Problemlösungskompetenz** aufgrund der immer komplexer werdenden Unzufriedenheit mit der Leistung des politischen Systems.

Parteien und ihre Aufgaben

- Eine Partei ist eine auf Dauer angelegte Vereinigung von Bürgern mit ähnlichen **politischen Grundüberzeugungen**, die das Ziel hat, auf die **politische Willensbildung** Einfluss zu nehmen.
- Im Unterschied zu **Bürgerinitiativen**, die meist nur ein Thema (**single-issue**) und einseitige Interessen verfolgen, sind Parteien in ihrem Handeln auf alle politischen Bereiche ausgerichtet.
- Im Gegensatz zu anderen Trägern der Willensbildung (z. B. Verbänden) sind sie nach Art. 21 GG **verfassungsrechtliche Institutionen** bei „der politischen Willensbildung des Volkes“ (**Parteienprivileg**). Da ihnen diese bedeutende Rolle im Prozess der politischen Willensbildung zukommt, wird die BRD auch als **Parteiendemokratie** bezeichnet.
- Die Aufgaben von Parteien werden in § 1 Abs. 2 und 3 des **Parteiengesetzbuches** weiter erläutert:
  - **Meinungsbildungsfunktion:** Parteien nehmen Einfluss auf die öffentliche Meinung, die Meinungs- und Willensbildung der Bevölkerung.
  - **Artikulations- und Aggregationsfunktion:** Parteien formulieren politische Forderungen an das politische System und bündeln diese zu Wahlprogrammen.
  - **Vermittlungsfunktion:** Parteien dienen als Mittler zwischen Gesellschaft und politischem System.
  - **Mobilisierungs- und Integrationsfunktion:** Parteien mobilisieren Anhängerschaften für ihre politischen Ziele und sorgen dadurch für die Integration ihrer Anhänger ins politische System.
  - **Partizipationsfunktion:** Parteien ermöglichen Bürgern die aktive Teilnahme am öffentlichen Leben.
  - **Elitenrekrutierungs- und Regierungsbildungsfunktion:** Parteien versuchen, möglichst viele Kandidaten in politische Ämter zu bekommen und streben die Bildung einer Regierung an.

Grundsätze des deutschen Parteiensystems

- **Art. 21 GG** legt Grundsätze für das Parteiensystem fest. Nähere bundesgesetzliche Regelungen bezüglich der Parteien wie Angaben zu Abläufen innerhalb der Parteien (z. B. Parteienfinanzierung) regelt das **Parteiengesetz**.

- Aus Art. 21 Abs. 1 – 4 GG lassen sich folgende Grundsätze für die Parteien bzw. das Parteiensystem ableiten:
  - Die Parteien sind im politischen Willensbildungsprozess fest verankert (**Parteiendemokratie**, Abs. 1).
  - **Innerparteiliche Demokratie:** Die innere Ordnung der Parteien muss demokratischen Prinzipien entsprechen. Entscheidungen müssen von Parteimitgliedern bzw. Delegierten in Wahlen und Abstimmungen getroffen werden. Die Besetzung von Parteiämtern erfolgt in einer geheimen Wahl durch alle Mitglieder, die über das gleiche Stimmrecht verfügen (Abs. 1).
  - Parteien müssen über ihre **finanziellen Mittel Rechenschaft** ablegen (Abs. 1).
  - Jeder Bürger ist berechtigt, eine Partei zu gründen (**Parteienfreiheit**). Art. 21 ist zugleich eine Absage an ein Einparteiensystem (**Mehrparteienprinzip**).
  - Parteien, die sich gegen die freiheitlich-demokratische Grundordnung (FDGO) richten, sind **verfassungswidrig.** Über die Verfassungswidrigkeit entscheidet das BVerfG (Abs. 2 – 4) → S. 38, 51. **Parteienverbote:** 1952 SRP, 1956 KPD. 2017: Zweiter Verbotsantrag die NPD betreffend, das BVerfG stufte die Partei als verfassungsfeindlich ein, sprach sich aber wegen ihrer Bedeutungslosigkeit gegen ein Verbot aus, da von der Partei derzeit keine Gefahr für die Demokratie ausgehe.

- Das **Bundeswahlgesetz** (BWG) regelt die Teilnahme von Parteien an Wahlen. Grundsätzlich darf jede Partei an Wahlen teilnehmen (**Chancengleichheit**) und Wahlwerbung betreiben. Die Wahlteilnahme ist, wenn die Partei noch nicht im Bundestag bzw. einem Landtag vertreten ist, an Bedingungen geknüpft, die der jeweilige Landeswahlausschuss überprüft.

Parteienfinanzierung

- Parteien finanzieren sich durch **private** (Spenden, Mitgliedsbeiträge, Einnahmen aus Parteivermögen) und **öffentliche** (staatliche) Mittel.
- **Legitimation** der **staatlichen Finanzierung**: Parteien nehmen öffentliche Aufgaben wahr; Chancengleichheit (für Parteien mit weniger finanzkräftigen Mitgliedern); Erleichterung von Neugründungen; kleine Parteien können die Kosten für den Wahlkampf etc. nicht stemmen und werden so erst handlungsfähig; Ausgleich zwischen kapitalstarken und kapitalschwachen Bevölkerungsgruppen.
- Die Höhe erfolgt in Abhängigkeit vom **Erfolg** der Partei bei Europa-, Bundestags- oder Landtagswahlen: für die ersten 4 Mio. Stimmen gibt es 1 € pro Stimme, dann 0,83 €. Ebenfalls berücksichtigt werden die **Höhe der Mitgliedsbeiträge** und **Spenden**: pro Euro Mitglieds- oder Mandatsträgerbeitrag oder rechtmäßiger Spende gibt es 0,45 €.
- Die **Obergrenze** für **staatliche Zuschüsse** liegt bei max. 190 Mio. €; außerdem dürfen die staatlichen Finanzmittel der Parteien nicht höher sein als die selbst erwirtschafteten (**relative Obergrenze**).
- Die staatliche Parteienfinanzierung belohnt den Wahlerfolg, aber auch die finanzielle Unterstützung der Parteien durch die Bevölkerung und somit die Verwurzelung der Parteien in der Gesellschaft.
- Art. 21 Abs. 1 GG verpflichtet die Parteien dazu, über die Herkunft und die Verwendung ihrer Finanzierungsmittel **Rechenschaft** abzulegen.
  - Spenden über 10 000 €/Jahr müssen in den Rechenschaftsberichten mit Name und Adresse des Spenders aufgeführt werden.
  - Spenden ab 50 000 € veröffentlicht der Präsident des Bundestages mit dem Namen des Spenders als Bundesdrucksache.
- Das BVerfG hat mehrfach Urteile gefällt, dass Parteien, die gegen die freiheitlich-demokratische Grundordnung (FDGO) vorgehen, von der Parteienfinanzierung ausgeschlossen werden können.

Entwicklung des Parteiensystems nach 1945

- Der Begriff „Parteiensystem" beschreibt die Zusammenhänge und Beziehungen aller Parteien innerhalb eines demokratischen Systems.
- Entwicklung des deutschen Parteiensystems:
  - **1949–1961: Vielparteiensystem** in der Nachkriegszeit: **Traditionsphase**, Rückkehr der Wähler in ihre angestammten politischen Milieus aus der Weimarer Republik. Das Parteiensystem ist durch folgende Konfliktlinien (**Cleavages**) geprägt: Verfassungskonflikt (Demokratie versus Diktatur); Klassenkonflikt (Kapital versus Arbeit); zentralstaatliche versus regionale Orientierung; Klerikalismus versus Laizismus.
    Stabilitätsphase ab 1953: Konsolidierung des Systems; Dominanz der Cleavages Kapital/Arbeit und Klerikalismus/Laizismus.
  - **1961–1983: Konzentration des Parteiensystems**; Zweieinhalb-Parteiensystem mit den Volksparteien CDU/CSU, SPD und der FDP als wechselndem Koalitionspartner.
  - **Ab 1983–2005: Zwei-Gruppen-Parteiensystem** mit einem **Regionalsystem Ost**: Pluralisierung des Parteiensystems durch den Einzug der Grünen in den Bundestag. CDU/CSU und FDP versus SPD und Grüne. Im Osten gibt es durch die PDS zeitweise ein Dreiparteiensystem. Das „value cleavage" Materialismus versus Postmaterialismus gewinnt seit den 1970er-Jahren an Bedeutung.
  - **2005–2013: Bipolares Fünfparteiensystem** mit unterschiedlichen Konstellationen; zwei sich gegenüberstehende Parteiengruppe: SPD, Grüne, Linke versus CDU/CSU, FDP (Regierung CDU/CSU mit wechselnden Koalitionspartnern).
  - **Seit 2016: Sechsparteiensystem** mit dem Einzug der AfD in alle Landesparlamente, 2017 auch in den Bundestag.
- Seit der Flüchtlingskrise 2015 wird das Entstehen eines neuen Cleavages in der Politikwissenschaft diskutiert: Vertreter einer offenen, modernen Gesellschaft und Globalisierungsbefürworter versus Vertreter einer geschlossenen Gesellschaft, EU-Skeptiker, Vertreter einer restriktiven Flüchtlingspolitik, nationalistisch gesinnte Globalisierungskritiker.

Volksparteien – ein Auslaufmodell?

- Volksparteien haben Anhänger und Wähler in allen Teilen der Bevölkerung. Daher müssen sie mit ihren Programmen vielfältige Interessengruppen und Weltanschauungen ansprechen. Da dafür Kompromisse notwendig sind, erscheinen sie weniger kämpferisch als Parteien, die nur bestimmte Interessengruppen ansprechen. Ihr Ziel ist die Regierungsbildung.
- Volksparteien gibt es in der BRD seit dem Zweiten Weltkrieg. Zuvor existierten **Interessens- bzw. Milieuparteien**, z. B. die Zentrumspartei als Vertreterin der Katholiken.
- Volksparteien sorgen für **Integration, Stabilität** und **Kontinuität** im Parteiensystem und erleichtern die Regierungsbildung, in der BRD koalierten über Jahrzehnte CDU oder SPD mit der FDP.
- **Gründe für den Niedergang** der Volksparteien:
  - Traditionelle soziale Milieus lösen sich auf (z. B. Erosion des katholischen Milieus, aus dem die CDU Anhänger rekrutierte).
  - Junge Wähler zeigen ein neues Organisationsverhalten und lassen sich institutionell weniger leicht einbinden.
  - Individualisierung, begünstigt durch die „Bildungsexplosion" (= verstärkte Bildungsförderung durch SPD) der 1970er-/80er-Jahre und Pluralisierung von Lebensstilen.
  - Wertewandel (z. B. Postmaterialismus), Folge: Auflösung traditioneller Wertegemeinschaften.
  - Die immer komplexer und komplizierter werdende Politik ist für viele Wähler unverständlich und abschreckend.
- **Konsequenzen:**
  - Ehemals kleinere Parteien erstarken, z. B. EU-Wahl 2019: Bündnis 90/Die Grünen sind mit 20,5 % zweitstärkste Partei.
  - Kleinere Parteien haben trotz Stimmenzuwachs unterproportionale Mitgliederzuwächse.
  - Die Regierungsbildung gestaltet sich schwieriger (Trend zu Koalitionsregierungen mit drei Parteien oder Großer Koalition).

Kritik an den Parteien

- **Ämterpatronage und Machtmissbrauch:** Vorwurf, Parteien würden fast alle Bereiche des öffentlichen Lebens durchdringen (Stellenbesetzung öffentlicher Einrichtungen erfolgt z. B. nach Parteibuch und nicht nach Fähigkeitenn). Ausweitung des Parteieneinflusses auf Bereiche, für die sie nach dem GG nicht zuständig sind (z. B. Einflussnahme auf Stellenbesetzungen im Versicherungswesen, bei Vorständen und Aufsichtsräten).

- **Abnehmende Integrationskraft** der Parteien durch den Rückgang milieugebundener Wähler, Verlust von Partei-Identifikation, Politikverdrossenheit und aufgrund gesellschaftlicher Entwicklungen wie Individualisierung, wodurch sie zunehmend Schwierigkeiten haben, größere Bevölkerungsteile für ihre Ziele zu mobilisieren.

- Ausweitung des Einflusses der Parteien trotz **mangelnder Repräsentanz der Bevölkerung.** So waren 2015 nur 1,7 % der beitrittsberechtigten Bevölkerung Mitglied in einer Partei (1980er-Jahre: 4 %).

- **Innerparteiliche Demokratie** und das **„eherne Gesetz der Oligarchie“** (= Herrschaft der Wenigen; Robert Michels 1911): Große Gruppen neigen dazu, die Macht an eine Führungsgruppe zu verlagern, die zunehmend an eigenen Vorteilen interessiert ist und die eigentlichen Ziele der Gruppe in den Hintergrund treten lässt.
  - Gründe: z. B.: Notwendigkeit, ab einer bestimmten Gruppengröße Aufgaben zu delegieren; Vorhandensein eines innerparteilichen Informations- und Kommunikationsgefälles; unterschiedlicher Zugang zu Massenmedien.

- **Parteienfinanzierung:** Kritik an der Höhe der staatlichen Parteienfinanzierung. Private Spenden ermöglichen Korruption; Rechenschaftsberichte verhindern keinen Missbrauch (z. B. Spendenaffäre unter Helmut Kohl in den 1990er-Jahren). Vorwurf, Parteien würden den Staat als „Selbstbedienungsladen“ betrachten, da ihre Abgeordneten im Parlament über die Höhe der Diäten entscheiden.

Populismus

- Der Begriff stammt von lat. „populus“ = das Volk. Er bezeichnet einen **volksnahen**, oft **demagogischen Politikstil**, der durch das Anknüpfen an vorhandene Ängste und Vorurteile sowie durch eine Dramatisierung der Lage darauf abzielt, eine möglichst große Zustimmung im Volk zu bekommen (z. B. Gelbwesten in Frankreich, die AfD in Deutschland, Brexiteers in Großbritannien).
- Weitere **Merkmale** des Populismus sind
  - die Überzeugung, alleine den Willen des Volkes zu vertreten;
  - die Annahme, der politische Gegner sei „illegitim“;
  - die Sehnsucht nach der „glorreichen Vergangenheit“;
  - Versprechen, die nach der Wahl kaum zu halten sind;
  - das Anbieten einfacher Lösungen für Probleme;
  - das Ablehnen angeblich bevormundender „Mainstream-Medien“;
  - die Anfälligkeit für „Verschwörungstheorien“.
- **Ursachen sind**
  - der Anspruch der Bürger auf Mitsprache, was aber aufgrund komplexer Probleme nicht einfach durch Ja/Nein-Entscheidungen umsetzbar ist;
  - das Gefühl der Bürger, mit ihrer Stimme nichts mehr verändern zu können;
  - die nachlassende Identifikation mit der Demokratie als Staatsform;
  - das Misstrauen gegenüber allem, was nicht Teil der eigenen gefühlten Wirklichkeit ist.
- **Erklärungen für Rechtspopulismus:**
  a) neue Welle des Autoritarismus,
  b) eher antiautoritäre, die Individualität betonende Bewegung.
- **Populismus als Chance:** Populismus als Korrektiv, da er die Stimme des Volkes hörbar macht.

Politischer Extremismus

- Der Begriff „Extremismus“ stammt von lat. „extremus“ = der Äußere. Politischer Extremismus ist gekennzeichnet durch:
  - das Ablehnen des Verfassungsstaates;
  - das Ablehnen von Pluralismus und damit eines Mehrparteiensystems und einer Opposition;
  - der daraus folgenden Annahme, dass es einen einheitlichen, bestimmbaren Volkswillen gibt (→ Identitätstheorie, S. 11);
  - das Vorhandensein eines klaren Freund-Feind-Denkens;
  - ideologischen Dogmatismus, der Akzeptanz von Verschwörungstheorien und Missionsbewusstsein.
- Die **Formen des Extremismus** lassen sich hinsichtlich der eingesetzten Mittel (gewaltfrei ↔ gewaltsam) und Ziele unterscheiden.
  - **Gewalt:** Extremisten und Terroristen setzen zur Durchsetzung ihrer Ziele Gewalt ein, Terroristen systematisch.
  - **Linksextremisten** sehen den Ursprung allen Übels in der kapitalistischen Klassengesellschaft.
  - **Rechtsextremisten** lehnen die fundamentale Gleichheit aller Menschen ab; weitere Merkmale: Nationalismus, Fremdenfeindlichkeit, völkische Ideologien, Verherrlichen des NS-Regimes.
- Extremismus 2018 laut Bundesamt für Verfassungsschutz: Rechtsextremismus ca. 24 100 Personen, mit Gewaltpotential 12 700; Linksextremismus ca. 32 000, mit Gewaltpotenzial 9 000.

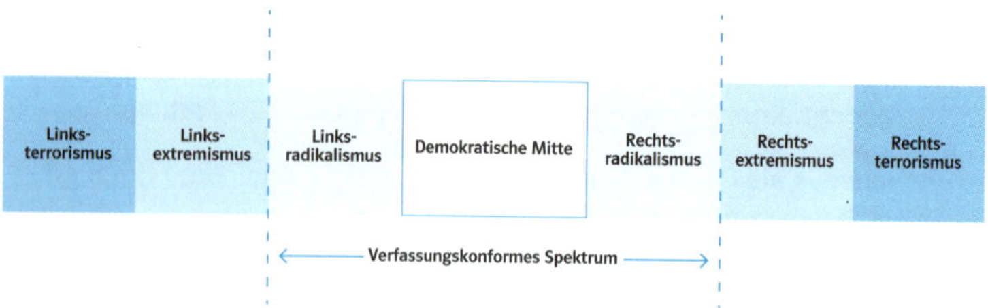

„Wehrhafte Demokratie" und Parteienverbot

- Der Begriff **„wehrhafte"** oder **„streitbare"** Demokratie wurde vom Bundesverfassungsgericht geprägt und verdeutlicht die Entschlossenheit, sich gegen jegliche Feinde der freiheitlichen demokratischen Grundordnung (FDGO) zur Wehr zu setzen.
- Folgende **Vorkehrungen** trifft das Grundgesetz (GG):
  - Art. 5 Abs. 3: Freiheit der Lehre, diese entbindet jedoch nicht von der Verfassung.
  - Art. 9 Abs. 2: Verbot von Vereinigungen, die Strafgesetzen zuwiderlaufen oder gegen die FDGO verstoßen.
  - Art. 18: Verwirkung von Grundrechten, wenn diese für den Kampf gegen die FDGO missbraucht werden.
  - Art. 79 Abs. 3: „Ewigkeitsklausel", die Art. 1 und 20 (Staatsprinzipien) schützt.
- **Parteienverbot:** Art. 21 Abs. 2 GG legt fest, dass Parteien, die „die freiheitliche demokratische Grundordnung zu beeinträchtigen oder zu beseitigen oder den Bestand der Bundesrepublik Deutschland zu gefährden" suchen, verfassungswidrig sind.
  - Über die Verfassungswidrigkeit einer Partei entscheidet das Bundesverfassungsgericht. Den Antrag können Bundestag, -rat oder die Bundesregierung stellen.
  - Bisherige Parteiverbote: Sozialistische Reichspartei SRP (1952), Kommunistische Partei Deutschlands KPD (1956).
- **Parteiverbotsverfahren NPD:**
  1. 2001 – 2003: Antrag durch die Regierung Schröder 2001; Einstellung des Verfahrens aufgrund von Verfahrensfehlern (unklare Rolle der V-Männer des Verfassungsschutzes, die zugleich in der Führungsebene der Partei tätig waren).
  2. 2013 – 2017: Antrag durch den Bundesrat; der Antrag wurde abgelehnt; die NPD wurde als verfassungsfeindlich erklärt, sie ist aber zu bedeutungslos, um die freiheitliche demokratische Grundordnung ernsthaft zu gefährden und ist daher nicht verfassungswidrig.

Digitalisierung und Demokratie (E-Demokratie)

- E-Demokratie ist dem Wiener Demokratiezentrum zufolge „die Umsetzung und Unterstützung demokratischer Prozesse mittels digitaler Informations- und Kommunikationstechnologien". Dabei lassen sich folgende Kategorien unterscheiden:

- **E-Partizipation** meint die Teilnahme der Bürger an demokratischen Entscheidungsprozessen mittels digitaler Medien.
  - Je nach Initiator der Initiative sprechen wir von einer **Top-Down-Partizipation** (von oben, durch den Staat) oder Bottom-Up-Partizipation (von unten, durch Bürger oder NGOs = Non-governmental organizations = Nicht-Regierungsorganisationen).
  - **Top-Down** lässt sich in **„elektronische Verwaltung"** und **„digitale Konsultation"** unterteilen. → Diese Partizipation wird auch als E-Government bezeichnet.
  - **Bottom-Up:** z. B. Kampagnenplattformen, E-Petitions-Portale, Online-Anfragen an Politiker, aber auch Transparenzinitiativen wie www.abgeordnetenwatch.de.

- **E-Government:** Verwendung neuer Informations- und Kommunikationstechniken in Verwaltungs- und Konsultationsprozessen.
  - So können Verwaltungsdaten den Bürgern digital zur Verfügung gestellt werden, z. B. das Beantragen eines Reisepasses, um Behördengänge überflüssig zu machen.
  - Der Ausbau des Informations-, Kommunikations- und Partizipationsangebots auf allen Staatsebenen ermöglicht eine höhere Transparenz staatlichen Handelns.

- **E-Voting:** Durchführung von Wahlen im Internet mit dem Ziel einer höheren Wahlbeteiligung, insbesondere bei jüngeren Wählern; Vorreiter: In Estland können Bürger seit 2007 online wählen.

- **Kritik:** Datenschutz- und Sicherheitsbedenken; Digital-Divide: Annahme des Entstehens von Chancenungleichheiten durch ungleiche Fähigkeiten und Möglichkeiten der Nutzung digitaler Medien (Bildung, Alter, Einkommen).

Medien in der Demokratie

- **Verfassungsrechtliche Stellung:** Das Wirken der Medien gründet auf Art. 5 Abs. 1 GG (**Meinungs- und Informationsfreiheit**).
- **Funktionen** von Medien in der Demokratie:
  - **Kritik und Kontrolle:** Medien spüren Missstände in der Gesellschaft auf und unterstützen damit die Opposition im Parlament.
  - **Artikulation und Meinungsbildung:** Sie spiegeln den Meinungspluralismus in der Gesellschaft wider, indem sie Fragen, die in der Gesellschaft von öffentlichem Interesse sind, erörtern.
  - **Information:** Sie informieren die Bürger umfassend, sachlich und verständlich, um ihnen die aktive Teilnahme am politischen Prozess zu ermöglichen.
- Zudem betreiben sie **Agenda Setting**: Durch das Platzieren bestimmter Themen in den Medien sorgen sie dafür, dass die Konsumenten genau diese Themen für bedeutsam erachten.
- Theorien zum **Verhältnis Politik und Medien**:
  - **Gewaltenteilungsparadigma:** Die Medien werden als vierte Gewalt neben der Exekutive, Legislative und Judikative verstanden, die autonom agieren und somit als Kontrollinstanz an der Ausübung staatlicher Herrschaft beteiligt sind.
  - **Instrumentalisierungsansatz:** Medien verlieren durch die wachsende Bedeutung politischer Kommunikation (Medienreferenten, Wahlkampfstrategen, Redenschreiber etc.), in der Medien für den jeweils gewünschten Zweck genutzt werden, an Autonomie („Mediatisierung der Politik").
  - **Dependenzansatz:** Gegenseitige Abhängigkeit von Medien und Politik; allerdings folgt die politische Kommunikation den Gesetzmäßigkeiten der Medien, die durch Agenda Setting bestimmen, welche Themen besondere Aufmerksamkeit erfahren.
  - **Interdependenzansatz:** Enge Verflechtung und gegenseitige Abhängigkeit von Medien und Politik: Politik benötigt die Medien zur Kommunikation, die Medien die Politik, um ihren Berichterstattungen Inhalt zu geben.

Kritik an den Medien in der Demokratie

- Erfüllen die Medien die ihnen zugeordneten Funktionen?
  - **Kritik und Kontrolle:** Medien betreiben unzweifelhaft Agenda Setting (→ S. 53); inwiefern sie dadurch politische Einstellungen und politisches Verhalten steuern können, ist unklar.
  - **Artikulation und Meinungsbildungsfunktion:** Da Neuigkeiten dem Normalen und das Emotionale, Skandale und Katastrophen dem Gewohnten vorgezogen werden, entsteht bei der Bevölkerung ein verzerrtes Bild von der (politischen) Realität.
  - **Informationsfunktion:** Trend zur Vereinfachung von Sachverhalten, zur Personalisierung und Emotionalisierung. Politik wird im Fernsehen zu „Politainment".
- Von der **Mediendemokratie zur Mediokratie**?
  - Nach Thomas Meyer wurde die Parteiendemokratie von der Mediendemokratie abgelöst, in der die Politik als Beobachter der Medien fungiert und sich ihrer Funktionslogik unterwirft, um die Kontrolle über die öffentlich diskutierten Themen zu gewinnen.
  - Dieser Wechsel wird von Meyer kritisch als **Mediokratie** bezeichnet. Es komme dabei zu einer „Kolonialisierung der Politik durch die Medien": Medien bestimmen über den Aufstieg/Fall eines Politikers, betreiben Agenda Setting etc.
- Kritisch dabei ist, dass den Medien als Akteure im politischen System die demokratische Legitimation fehlt (**Legitimationsdefizit**) und es zu einer Entmachtung der Bürger kommt, da sich die Themenauswahl zwischen Politik, Massenmedien und PR abspielt. Die Demokratie verkommt zu einer Zuschauerdemokratie, in der Bürger die politischen Debatten in den Medien verfolgen, ohne selbst zu partizipieren.
- **Politisches Framing** (engl. „to frame" = einrahmen) bedeutet, dass Themen oder Begriffe in einen bestimmten Interpretationsrahmen gestellt werden und dadurch die Meinungsbildung gesteuert wird (vgl. Elisabeth Wehling). In einer TV-Debatte können z. B. die Themenstellung und Formulierungen des Moderatoren zum politischen Framing gezählt werden.

Fake News

- Fake News, also Falsch- und Fehlinformationen, die sich insbesondere in sozialen Netzwerken verbreiten, lassen sich nach Ethan Zuckerman (Direktor des Center for Civic Media am Massachusetts Institute MIT) unterteilen in:
  - **übertriebene Aufmerksamkeit für ein bestimmtes Thema**, um dieses relevanter erscheinen zu lassen, als es eigentlich ist. Beispiel: Die häufige Thematisierung des E-Mail-Skandals von Hillary Clinton im Wahlkampf 2016; diese „falsche Balance", so Zuckermann, sollte dafür sorgen, dass die Medien wegen Trumps vieler Skandale nicht parteiisch erscheinen.
  - **Propaganda:** Vermischen wahrer und falscher Informationen (in Wahlkämpfen) zur Stärkung der eigenen und Schwächung der gegnerischen Position.
  - **Gezielte Desinformation:** Falschinformationen, z. B. manipulierte Bilder, Videos, Meldungen, aus dem Kontext gerissener Zitate, fingierte Meldungen.
- **Social Bots** sind Computerprogramme, die sich als normale User in sozialen Netzwerken tarnen und dort automatisiert Nachrichten verfassen. Dadurch können sie den politischen Diskurs steuern. Beispiel: Verlauf der Brexit-Abstimmung in Großbritannien 2016, US-Wahlkampf 2016 (20 % der Tweets auf Twitter stammten von Social Bots). Vorschläge für eine gesetzliche Regelungen: CDU/CSU, SPD, Grüne wollen eine Kennzeichnungspflicht für Nachrichten von Social Bots.
- **Filterblasen:** Die Personalisierung von Informationen und Werbung im Internet mithilfe von Algorithmen führt dazu, dass wir, passend zu unseren Präferenzen, eine automatisierte Auswahl von Inhalten präsentiert bekommen. Dies kann zu Verzerrungen, Zensur oder einer Polarisierung bestimmter Themen führen.
- **Fake News als Gefahr für die Demokratie**: Das Untergraben von Vertrauen in Politik, Politiker und Medien ist in einer auf Vertrauen bauenden, repräsentativen Demokratie ein Problem (→ S. 42). Bürger entwickeln eine falsche Vorstellung vom Zusammenleben in der Gesellschaft, das dieses gefährden kann.

Lobbyismus als fünfte Gewalt

- Lobbyismus (von „Lobby" = Empfangsraum in einem Gebäude) bezeichnet die Einflussnahme organisierter Interessensgruppen (Verbände, Vereine, NGOs…) auf Legislative und Exekutive. Er basiert auf Art. 9 GG (Vereinigungsfreiheit).
- **Positive Bedeutung von Lobbyismus für die Demokratie:**
  - Politikberatung: Der Sachverstand der Verbände vermindert die Gefahr unvollständiger oder fehlerhafter Gesetze.
  - Lobbyismus als direktdemokratisches Element, das jedem Bürger die Einflussnahme auf Politik auch außerhalb von Wahlen ermöglicht.
  - Entlastung des Staates von Tätigkeiten und Kontrollen, die Lobbygruppen übernehmen (z. B. Tarif- und Normenausschüsse).
- **Mögliche Nachteile von Lobbyismus für die Demokratie:**
  - Beeinträchtigung der staatlichen Handlungsfähigkeit: Reformen werden verhindert, erschwert oder werden durch die Anhörungen der Verbände zu Mammutveranstaltungen.
  - Aushöhlung der Demokratie (fehlende Legitimation)
  - Durchsetzung der Interessen einer Minderheit, verhindert die Realisierung des Gemeinwohls
  - Interessengruppen „kämpfen" mit ungleichen Waffen, größere Verbände haben z. B. mehr Einflussmöglichkeiten als kleine.
  - Gefahr der Korruption; mangelnde Transparenz, da für Außenstehende nicht ersichtlich ist, wie Einfluss genommen wird.
- In der „Öffentlichen Liste" des Bundestages sind 2 322 (Stand 2019) Verbände vertreten, die für ihre Interessen gegenüber dem Bundestag eintreten.

Der Untersuchungsausschuss

- Nach Art. 44 GG kann auf Verlangen eines Viertels der Mitglieder des Bundestages ein Untersuchungsausschuss (UA) einberufen werden. Dieses Instrument steht auch den Länderparlamenten zu.
- Er ist ein demokratisches Element der Kontrolle, das meist von der Opposition einberufen wird, um **Fehlverhalten von Politikern** und **Missstände in Regierung und Verwaltung** zu überprüfen. Er kann dafür Zeugen und Sachverständige vernehmen und Ermittlungen durch Gerichte und Verwaltungsbehörden vornehmen lassen.
- Die Mitgliederanzahl bestimmt das Parlament. Sie richtet sich nach der Aufgabenstellung des Untersuchungsausschusses. Die Fraktionen bestimmen entsprechend ihrer Stärke im Parlament die Ausschussmitglieder.
- Mit dem Ende einer Legislaturperiode enden auch die Untersuchungsausschüsse.
- Der Untersuchungsausschuss – scharfes Schwert oder zahnloser Tiger?
  - **Scharfes Schwert:** Die Einsetzung bzw. die Drohung der Einsetzung eines Untersuchungsausschusses sorgt für negative Schlagzeilen. Untersuchungsausschüsse können zu gesetzlichen Änderungen bzw. Reformen führen und personelle Konsequenzen haben.
  - **Zahnloser Tiger:** Aufgrund der Zusammensetzung, die das Stärkeverhältnis zwischen den Fraktionen widerspiegelt, ist der Untersuchungsausschuss ein Kampffeld zwischen der Regierung und der Mehrheitspartei sowie der Opposition. Die Ergebnisse des Ausschusses haben keine sanktionierende Wirkung. Gerichte sind somit nicht an die Ergebnisse gebunden.
- Während der Großen Koalition 2013–2017 stellten Bündnis 90/Die Grünen und Die Linke weniger als 20 % der Abgeordneten. 2014 stärkte der Bundestag die Minderheitenrechte bis zum Ende der Legislaturperiode, damit die Opposition Kontrollrechte wie den Untersuchungsausschuss überhaupt wahrnehmen konnte.

Die Zivilgesellschaft

- Die Zivilgesellschaft ist der Bereich, der zwischen dem staatlichen, wirtschaftlichen und privaten Sektor angesiedelt ist. Sie ist die **Gesamtheit des Bürgerengagements** (z.B. in Vereinen, Initiativen, sozialen Bewegungen), das **nicht profitorientiert** (ehrenamtlich) und **unabhängig** von **parteipolitischen Interessen** ist.
  - **Liberales Verständnis:** Zivilgesellschaft wird primär als Freiraum gegenüber dem Staat verstanden. Zentrale Merkmale sind Selbstregulierung, Pluralität, Autonomie der Akteure auf Grundlage eines allgemeinen Bürgerstatus.
  - **Republikanisches Verständnis:** Die Zivilgesellschaft als offenes Projekt einer voranschreitenden Demokratisierung leistet einen Beitrag zur Schaffung und Aufrechterhaltung einer öffentlichen Sphäre der Meinungs- und Willensbildung und dadurch zur Weiterentwicklung der Demokratie.
- Zentrale Komponenten der Zivilgesellschaft sind die Meinungsbildung im Diskurs, der Austausch unterschiedlicher Standpunkte, die Kompromissbildung, das Ausüben von Kritik gegenüber herrschenden Entscheidungsinstanzen in Politik, Wirtschaft sowie öffentlicher Verwaltung, und Gewaltlosigkeit.
- Die Zivilgesellschaft wird als „**Schule der Demokratie**" bezeichnet, in der Meinungsaustausch, Kompromissfindung und Verständigung gelernt werden. Sie ist Ausdruck einer politischen Kultur, für die Werte wie Demokratie, Toleranz, Vertrauen und Verantwortung charakteristisch sind und kann **Agenda Setting** (→ S. 53) betreiben, indem z.B. Initiativen Probleme in der Öffentlichkeit thematisieren, derer sich staatliche Entscheidungsträger nicht annehmen (z.B. Fridays for Future).
- Über die **Bedeutung des Bürgerengagements** für die Verbesserung von Demokratie und Gemeinschaft gibt es konträre Meinungen. Befürworter sehen jedes Engagement als Garantie für eine Gemeinschaft und eine starke Demokratie. Gegner erwidern, dass z.B. das Elternengagement in der Schule wenig dazu beitrage.

Gesellschaftsmodelle

- Die Soziologie beschäftigt sich mit Gesellschaftsmodellen, also mit Strukturen und Merkmalen von Gesellschaften. Dabei haben sich unterschiedliche Modelle herausgebildet, die jeweils einzelne Aspekte betonen.
- **Risikogesellschaft** (nach Ulrich Beck): Durch die zunehmende Individualisierung, Technisierung und Globalisierung ist die Weltgesellschaft Risiken ausgesetzt. Die Menschheit kann sich selbst zerstören; ist den unkalkulierbaren Folgen von Nuklear-, Chemie- oder Gentechnologie und sozialen Gefährdungen wie Arbeitslosigkeit ausgesetzt, die Klassengrenzen, aber auch die Nationenzugehörigkeit, Alter und Geschlecht unbedeutend machen. Die Weltgemeinschaft wird dadurch zu einer Gefahrengemeinschaft (Ulrich Beck 1988: „Not ist hierarchisch, Smog ist demokratisch").
- **Erlebnisgesellschaft** (geprägt durch Gerhard Schulze) meint eine Gesellschaft, in der der Einzelne egoistisch ist und sein inneres Erleben – z. B. möglichst viel Genuss zu erreichen – oberste Priorität hat. In der Erlebnisgesellschaft spielen teilweise postmaterialistische Wertorientierungen (z. B. Selbstverwirklichung) eine Rolle.
- **Informationsgesellschaft:** Eine in allen Bereichen stark durch die Informationstechniken geprägte Gesellschaft, in der Informations- und Kommunikationsdienstleistungen im Vergleich zur industriellen Warenproduktion und zu traditionellen Dienstleistungen eine zentrale Rolle zukommt.
- **Freizeitgesellschaft:** Helmar Krupp bezeichnet diese als eine Gesellschaft, in der nicht berufsbezogener, wirtschaftlicher und gesellschaftlicher Aufstieg zu Glücksempfinden führt, sondern Neben- und Außerberufliches. Das primäre Ziel ist nicht mehr die Wohlstandvermehrung. Der Wandel von einer Arbeits- in eine Freizeitgesellschaft ist u. a. dadurch erklärbar, dass ein durchschnittlicher Arbeitnehmer heute über deutlich mehr freie Zeit verfügt als vor 50 Jahren. Dadurch nimmt die Arbeit in den Lebenskonzepten der Menschen einen geringeren Stellenwert ein.

Die Grundlagen des Sozialstaats

- Die Sozialstaatlichkeit ist im Grundgesetz in Art. 20 und 28 verankert (Sozialstaatsgebot). Seine konkrete Ausgestaltung lässt das GG jedoch offen. Sie muss im politischen Prozess entschieden werden, hängt von finanziellen Aspekten sowie sozialpolitischen Prioritäten ab.
- **Ziele der Sozialpolitik:** das Wohl aller Bürger gleichmäßig zu fördern, die Lasten relativ gleichmäßig zu verteilen, das Existenzminimum und den erreichten Lebensstandard abzusichern.
  - Allerdings lässt sich daraus kein allumfassender Wohlfahrtsstaat ableiten, da die Wirtschaftsordnung (soziale Marktwirtschaft) beachtet werden muss, die soziale Ungleichheit akzeptiert, und es ein Spannungsverhältnis gibt zu Art. 2 Abs. 1, dem Schutz der persönlichen Freiheit (wirtschaftlicher Handlungsfreiheit).
- Da das Grundgesetz keine Konkretisierungen vornimmt, muss auf die Rechtsprechung und diese Prinzipien zurückgegriffen werden:
  - **Sozialer Ausgleich** mit dem Ziel, die Unterschiede zwischen sozial Schwachen und sozial bessergestellten Personen(gruppen) möglichst gering zu halten (Mindestmaß an Chancengleichheit).
  - **Soziale Sicherheit:** Der Staat muss die Existenzgrundlage seiner Bürger sichern. Dafür nimmt er z. B. Maßnahmen im Gesundheits- und Bildungswesen vor und greift in die Wirtschaftspolitik ein.
- Die **Umsetzung der Ziele** erfolgt durch Umverteilungen über das Steuersystem (z. B. progressive Einkommenssteuer); Einschränkungen der Vertragsfreiheit, wenn Rechte anderer verletzt würden; Gewährleistung eines menschenwürdigen Existenzminimums (→ Hartz IV, S. 62 f.).
- **Probleme des Sozialstaates:** demografische Entwicklung und Alterung der Gesellschaft (→ Generationenvertrag, S. 72), steigende Kosten im Gesundheitswesen; veränderte Erwerbsbiografien (atypische Arbeitsverhältnisse, Arbeitslosigkeit).

Sozialversicherungen

- **Krankenversicherung:**
  - **Solidaritätsprinzip:** Gesellschaftliche Gruppen unterstützen sich gegenseitig, d.h. auch Risiken werden gemeinsam getragen. Leistungen werden erbracht, ohne dass gleichwertige Gegenleistungen verlangt werden.
  - Der Staat tritt mit der gesetzlichen Krankenversicherung als Anbieter von Versicherungsleistungen auf. Beiträge richten sich nach wirtschaftlicher Leistungsfähigkeit, aber alle erhalten die gleichen Leistungen (**Versicherungsprinzip**).
  - **Individualprinzip:** Jeder sichert Lebensrisiken eigenverantwortlich ab. Abhängigkeit zwischen Leistung und Preis (**Äquivalenzprinzip**). Der Staat beschränkt sich auf die Regulierung des Versicherungsmarktes.
- **Rentenversicherung:** Sie basiert auf dem Prinzip, dass die Höhe der Einzahlung die Höhe der Auszahlung bestimmt.
  - Rentenreformen seit 2014: „Mütterrente", Rente mit 63 ohne Abschläge, wenn 45 Beitragsjahre vorliegen. Grundrente: Gemäß eines Koalitionsbeschlusses von CDU/CSU und SPD soll sie zum 2021 eingeführt werden. Ziel: Schutz vor Altersarmut, Würdigung der Lebensleistung („Respektrente") von Rentnern mit mindestens 35 Beitragsjahren (weniger Jahre: Abschläge). Bedingung: Die Beitragsleistung lag unter 80 %, aber über 30 % des Durchschnittseinkommens.
  - Rechengröße: Standard-Rentenniveau = Maßstab, der angibt, wie sich der Rentenanspruch eines Standardrentners zum Durchschnittsbruttolohn aller Arbeitnehmer verhält. 2019: 48,1 %. Sinkendes Rentenniveau bedeutet nicht, dass Renten absolut sinken, sondern dass sie langsamer steigen als der Durchschnittslohn. Prognose: Absenkung bis 2020 auf 45,8 %. Beitragssatz zur Rentenversicherung in 2019 18,6 % des Bruttolohns. Zahl der beitragspflichtigen Arbeitnehmer sinkt bis 2028 um 7 %.

Hartz IV – ein umstrittenes Konzept

- Hartz IV ist die umgangssprachliche Bezeichnung für das Arbeitslosengeld II (ALG II) und geht auf das „Vierte Gesetz für moderne Dienstleistungen am Arbeitsmarkt" und den ehemaligen VW-Vorstand Peter Hartz (2002, im Rahmen der Agenda 2010 unter Gerhard Schröder) zurück. Es beinhaltet Sozialleistungen, die Bedürftigen gewährt werden. Arbeitslosigkeit ist dabei keine Bedingung für den Hartz-IV-Bezug.
- Hartz IV basiert auf dem Prinzip **Fördern und Fordern**, d.h. Leistungsbezieher müssen aktiv gegen die Erwerbslosigkeit angehen.
- **Fördern:**
  - Zusammenlegung von Arbeitslosen- und Sozialhilfe;
  - niedrigere Grundsicherungssätze, Übernahme der Wohn- und Heizkosten;
  - **Regelbedarf 2019** in Auswahl: Erwachsener alleinstehend/in Ehe 424 €/ jeweils 382 €; Kind je nach Alter 245 – 322 €;
  - **Schonvermögen**, das behalten werden darf, z.B. KFZ bis 7500 €, angemessener Hausrat, Haus oder Wohnung in Eigenbedarf;
  - **Bildungspaket:** Unterstützung von Kindern in Hartz-IV-Haushalten, um am gesellschaftlichen Leben normal teilnehmen zu können; z.B. Zuschüsse für Schulbedarf, Schulausflüge (max. 130 €/Jahr);
  - **Starke Familien-Gesetz** (ab 2020): bis zu 185 € Zuschlag zum Kindergeld pro Kind;
  - Abschaffung der harten Verdienstobergrenze (vierköpfige Familie: 2400 € in 2019), ab der Sozialleistungen völlig wegfallen.
- **Fordern:**
  - Leistungsbezieher müssen aktiv gegen ihre Erwerbslosigkeit angehen.
  - Sanktionen z.B. bei Ablehnung einer zumutbaren Arbeit; beim 1. Mal 30 % Kürzung des ALG II, beim 2. Mal 60 %, 3. Verstoß: ersatzloses Streichen von ALG II.

Hartz IV – ein Erfolgsmodell? Reformvorschläge

- Hartz IV wird in der Öffentlichkeit kontrovers diskutiert.
- **Pro-Argumente: Hartz IV – ein Erfolg**
  - Die Gesamtzahl der Haushalte, die Hartz IV beziehen, ist seit 2008 um 1/6 gesunken, die Zahl der Hartz-IV-Empfänger mit deutscher Staatsbürgerschaft ging um 1/3 zurück. Für Arbeitslose entstand ein Anreiz, wieder Arbeit aufzunehmen.
  - Kritik an Hartz IV ist reine Parteitaktik.
  - Eine Erhöhung ließe die Zahl der Berechtigten steigen. Zudem wäre ein höherer Betrag gegenüber der arbeitenden Bevölkerung ungerecht („steuerfinanzierter Müßiggang").
- **Kontra-Argumente: Hartz IV – ein Misserfolg**
  - Der Rückgang der Hartz-IV-Bezieher liegt nicht an Arbeitsmarktreformen, sondern an der demografische Entwicklung und der positiven Konjunkturentwicklung seit der Einführung.
  - Die Geldleistungen sind zu gering („Immer mehr Arme, immer mehr Abgehängte"), die Sanktionen menschenunwürdig und verfassungswidrig (Existenzminimum darf nicht verweigert werden).
  - Der Grundsatz der Leistungsgerechtigkeit wird verletzt: Ein höherer Bruttolohn muss zu mehr Netto in der Haushaltskasse führen. Bei Hartz IV führt er zu einer überproportionalen Kürzung von Sozialleistungen.
  - Reform förderte Entstehung eines großen Niedriglohnsektors.
- **Beispiele für Reformvorschläge:**
  - **CDU:** Festhalten an Hartz IV, Reformen in Form von z. B. besseren Hinzuverdienstmöglichkeiten; Qualifizierung (Berufsausbildung für Empfänger unter 40 Jahren).
  - **SPD:** Bürgergeld statt Hartz IV mit Boni für Weiterbildung, längere Fristen z. B. für Vermögensüberprüfungen und Zahlung von ALG I (max. 36 Monate), Abschaffung strenger Sanktionen.
  - **Bündnis 90/ Die Grünen:** Lockerung von Sanktionen gegen Arbeitsverweigerung und bedingungslose „Garantiesicherung".
  - **FDP:** „Liberales Bürgergeld": Bündelung steuerfinanzierter Sozialleistungen, bessere Hinzuverdienstmöglichkeiten; Erhöhung des Schonvermögens, Verschonung von Wohneigentum.

Sozialstaatsmodelle

- Alle modernen Nationalstaaten betreiben Sozialpolitik. Der Sozialstaat bzw. Wohlfahrtsstaat ist gemeinsames Strukturelement moderner Demokratien.
- Für die Analyse und den Vergleich von Wohlfahrtsstaaten hat die ältere vergleichende Wohlfahrtsstaatsforschung zwei Grundtypen herausgearbeitet, denen Länder zugeordnet werden können: das **Bismarck-System** der beitragsfinanzierten Sozialversicherungen (gekoppelt an Erwerbsarbeit) und das **Beveridge-System**, das eine **steuerbasierte Grundsicherung** für alle Bürger vorsieht.
- Eine neuere Einteilung stammt vom dänischen Soziologen Gøsta Esping-Andersen, der drei Modelle unterscheidet:

	liberaler Wohlfahrtsstaat	konservativer Wohlfahrtsstaat	sozialdemokratischer Wohlfahrtsstaat
Vertreter	USA	BRD, FR, IT, AUT	DNK, SE
Grundlage	Eigenverantwortung des Einzelnen, daher Ermunterung zur privaten Vorsorge	Sozialstaat als Legitimation des politischen Systems; sorgt für Integration	Jeder Staatsbürger hat aufgrund seiner sozialen Bürgerrechte Anspruch auf Leistungen
Ziel	Der Sozialstaat ist im Falle einer Notlage der letzte Akteur	Sicherung des sozialen Friedens, Integration; aber Erhalt von Status und Gruppenunterschieden	Versorgung auf hohem Niveau; Angleichung (Nivellierung) der Lebensverhältnisse aller
Konsequenzen	strenge Anspruchsvoraussetzungen; soziale Stigmatisierung der Empfänger	komplexes, schwerfälliges Sozialsystem	hohe Sozialausgaben
Finanzierung	Erwartung von privater Vorsorge	Versicherungsprinzip, paritätisch (Arbeitnehmer/-geber); Staatskasse	Arbeitgeberanteile; hoher Anteil aus der Staatskasse

Sozialstrukturmodell der sozialen Klassen und Schichten

- Für die Analyse der Sozialstruktur moderner Gesellschaften stehen vier Ansätze zur Verfügung mit unterschiedlichen Fragestellungen: Modell der sozialen Klassen und Schichten, Modell der sozialen Lagen (→ S. 66), Modell der sozialen Milieus (→ S. 67) und Modell der Exklusion und Inklusion (→ S. 68).

- **Modell der sozialen Klassen und Schichten**
  - Die Klassengesellschaft löste im Zuge der Industrialisierung die Ständegesellschaft (Zugehörigkeit zu einem Stand durch Geburt bestimmt) ab. Sie war von 1830 bis 1920 das dominierende Modell in Deutschland. Unterscheidungsmerkmal zwischen den Klassen war der Besitz an Produktionsmitteln wie Boden, Arbeit, Kapital. Vertreter des Modells: Karl Marx, Theodor Geiger.
  - Es wird davon ausgegangen, dass sich Menschen einer Klasse bzw. Schicht in einer ähnlichen sozioökonomischen Lage befinden, mit der z. B. ähnliche Lebenserfahrungen, Einstellungen, Wertorientierungen, Bedürfnisse, Lebenschance und -risiken verbunden sind.
  - Nach 1945 wird vermehrt das Schichtmodell verwendet. Vertreter sind z. B. **Ralf Darendorf** („Haus-Modell“, 1960er-Jahre), **Karl Martin Bolte** (**Bolte-Zwiebel**, 1970er-Jahre), Rainer Geißler (Anlehnung an Dahrendorf, Ausdifferenzierung der ursprünglich sieben Schichten).
  - **Kritik:** Zuweisung zu einer Schicht hängt vom Hausvorstand (Normalfall = Familienvater) ab und wird neuen Lebensformen nicht gerecht; die Mobilität zwischen den Schichten wird nicht erfasst, ebenso wenig wie Verbesserungen bzw. Verschlechterungen innerhalb einer Schicht.

Sozialstrukturmodell der sozialen Lagen

- Da Schichtmodelle zwar vertikale Ungleichheiten berücksichtigen (Ungleichheiten zwischen „oben" und „unten"), jedoch „horizontale" wie Alter, Geschlecht, Regionen, Familienstatus etc. ausklammern, wurde in den 1980er-Jahren das Modell der „sozialen Lagen" entwickelt. Es berücksichtigt vertikale und horizontale Ungleichheiten.
- Bei der Untergliederung der erwachsenen Bevölkerung nach objektiv materiellen Bedingungen, Alter und Geschlecht sowie subjektiven Empfindungen der Lebenszufriedenheit entstehen zahlreiche Soziallagen (je nach Untergliederung 40 und mehr), die ein differenziertes Bild über die Verteilung materieller Ressourcen und über das subjektive Wohlbefinden ermöglichen.

Sozialstrukturmodell der sozialen Milieus

- Der Ansatz wurde in den 1980er-Jahren vom Sinus-Institut für Markt- und Wahlforschung entwickelt.
- Während bei der Schichtanalyse Menschen mit objektiv ähnlichen Lebensbedingungen gruppiert und dann deren Mentalitäten und Einstellungen untersucht werden, erfolgt die Gruppierung hier zunächst nach Unterschieden in Wertorientierungen und Lebensstilen, also nach subkulturellen Aspekten.
- Soziale Milieus beinhalten Menschen mit einer ähnlichen Lebensauffassung und Lebensweise, die „subkulturelle" Einheiten innerhalb einer Gesellschaft formen. Hierfür sind folgende Aspekte relevant: Wertorientierungen, Lebensziele und -stile, Bedeutung von Arbeit, Familie, Partnerschaft und Freizeit, aber auch politische Grundüberzeugungen.
- Die Abgrenzungen zwischen den einzelnen sozialen Milieus sind fließend, es gibt Überschneidungen und Zwischenformen.

Die Sinus-Milieus® in Deutschland 2020

Soziale Lage und Grundorientierung

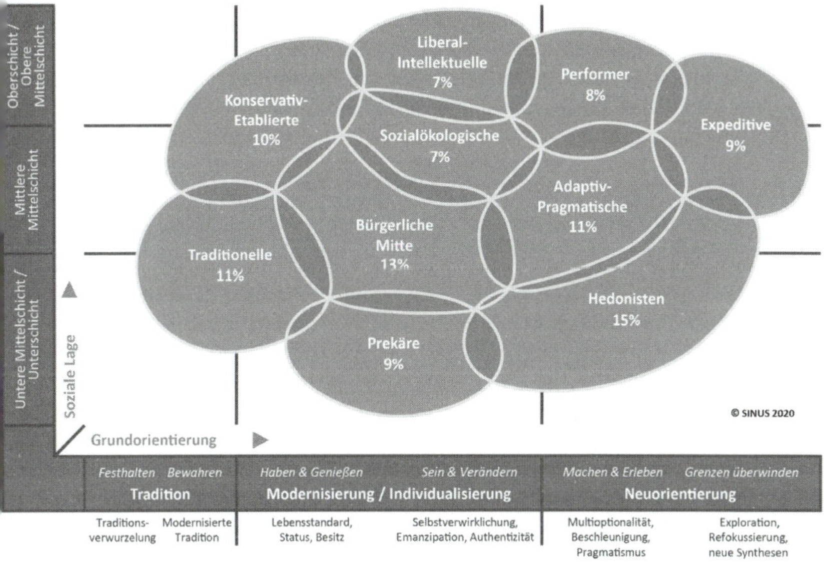

Erläuterungen zu den Sinus-Milieus in Deutschland von 2014:

- Traditionelle: sicherheits- und ordnungsliebende (Nach-) Kriegsgeneration, verhaftet in kleinbürgerlicher Welt bzw. Arbeiterkultur
- Konservativ-Etablierte: klassisches Establishment, mit Exklusivitäts- und Führungsanspruch, statusorientiert, Standesbewusstsein
- Liberal-Intellektuelle: aufgeklärte Bildungselite, liberale Grundhaltung, zahlreiche intellektuelle Interessen
- Sozialökologische: idealistisches, konsumkritisches Milieu, hohes ökologisches und soziales Gewissen
- Performer: global denkend, effizienzorientierte Leistungselite, hohe IT-Kompetenz
- Bürgerliche Mitte: der leistungs- und anpassungsbereite bürgerliche Mainstream, Streben nach beruflicher/sozialer Etablierung und gesicherten Verhältnissen
- Adaptiv-pragmatische: junge Mitte der Gesellschaft, pragmatisch, Nutzenkalkül
- Expeditive: unkonventionelle, kreative, ambitionierte Avantgarde, mobil, online und offline vernetzt
- Hedonisten: spaß- und erlebnisorientierte moderne Unterschicht/untere Mittelschicht, Verweigerung von Konventionen der Leistungsgesellschaft
- Prekäre: um Teilhabe bemühte Unterschicht, Zukunftsangst, geringe Aufstiegschancen

Sozialstrukturmodell der Exklusion und Inklusion

- Das jüngste Modell entstand in Frankreich in den 1990er-Jahren im Zusammenhang der Auseinandersetzung mit der neuen Armut, Arbeitslosigkeit und räumlichen Segregation. **Inklusion** bedeutet in den Sozialwissenschaften die Teilhabe an der Gesellschaft, Gegensatz: **Exklusion.** Seit den 1990er-Jahren kämpft die Europäische Kommission gegen soziale Ausgrenzung (z. B. 2010: Europäisches Jahr gegen Armut und Ausgrenzung).
- **Unterschied zum Klassen- bzw. Schichten-Modell:**
  - Im Fokus steht nicht die vertikale Aufteilung der Gesellschaft, sondern die Frage, wer „innerhalb" und wer „außerhalb" der Gesellschaft steht.
  - Zentral ist nicht die soziale Ungleichheit als eine graduelle Ungleichheit zwischen z. B. verschiedenen Schichten, vielmehr geht es um extrem Benachteiligte, denen die Teilnahme an der Gesellschaft versagt bleibt. Wichtige Dimensionen von Exklusion sind dabei Arbeitslosigkeit, Armut und die räumliche Ausgrenzung (das Leben in Armutsvierteln bzw. sozialen Brennpunkten), deren Zusammenhänge und ihre wechselseitige Verstärkung.
  - Das bipolare Modell von Exklusion und Inklusion wird oftmals erweitert zu einem Drei-Zonen-Konzept. Zone 1: Exklusion als Zone der Prekarität/Zone der sozialen Verwundbarkeit, Zone 2: Inklusion, Zone 3 = mittlere Zone, charakterisiert z. B. durch schwindende Aufstiegschancen, Arbeitsplatzunsicherheit sowie Schwierigkeiten, den Lebensstandard aufrechtzuhalten.
- **Bewertung:**
  - Stark eingeschränkter Blickwinkel auf die extrem Benachteiligten.
  - Das Modell ermöglicht, Exklusionsprozesse und -risiken in verschiedenen Schichten, Soziallagen und Milieus zu analysieren.

Soziale Mobilität

- Soziale Mobilität bedeutet, dass Individuen ihre soziale Position innerhalb einer Gesellschaft in einem Lebensabschnitt (kurzfristig), im Lebensverlauf (mittelfristig) oder in der Generationenfolge (langfristig) verändern können. Soziale Mobilität gilt als **Gradmesser** für die **Offenheit bzw. Geschlossenheit einer Gesellschaft.**
- Mobilität wird unter anderem nach der Bewegungsrichtung entschieden in horizontale und vertikale Mobilität.
  - **Horizontale Mobilität:** Die Bewegung führt zu keiner Veränderung im sozialen Status (z.B. Wechsel eines Angestellten von einem Unternehmen in ein anderes; Heirat in der gleichen Schicht).
  - **Vertikale Mobilität:** Es kommt zu einem Positionswechsel, der mit einem Auf- bzw. Abstieg einhergeht (z.B. Aufstieg durch den Erwerb der Meisterprüfung; Abstieg durch Verlust eines qualifizierten Arbeitsplatzes und Neuanstellung als Hilfsarbeiter).
- Des Weiteren wird unterschieden zwischen:
  - **Inter-Generationen-Mobilität:** Positionswechsel in der Generationenfolge) und
  - **Intra-Generationen-Mobilität:** sozialer Auf- bzw. Abstieg innerhalb einer Generation.
- Soziale Mobilität, Studie des Deutschen Instituts für Wirtschafsforschung Berlin 2018:
  - Untersucht wurden die **absolute** und **relative soziale Mobilität** im Berufsstatus der Jahrgänge 1939–71 in Westdeutschland. Absolut: Inwieweit hat sich die soziale Stellung im Vergleich zu den Eltern verändert? Relativ: Inwieweit sind Kinder im Vergleich zu anderen Kindern der gleichen Generation bessergestellt als die Eltern?
  - Relative Mobilitätswahrscheinlichkeit: Für heutige Kinder ist es 5,5-mal wahrscheinlicher, die gleiche soziale Position einzunehmen wie die Eltern, als einen Aufstieg von einer niederen Position in eine höhere zu erreichen. Absolut betrachtet steigen in allen Jahrgängen mehr Personen auf als ab: Männer sind heute häufiger vom Abstieg bedroht, Frauen steigen häufiger auf.

Armut

- Es lassen sich zwei Formen „wirtschaftlicher Armut" unterscheiden:
    - **Absolute Armut:** Verfügbarkeit von 1$ oder weniger pro Tag, womit das physiologische Existenzminimum unterschritten ist.
    - **Relative Armut:** Die Teilnahme an der Lebensweise, die als Minimum in einer Gesellschaft angesehen wird, ist nicht oder nur eingeschränkt möglich (Armutskonzept der EU).
- Messung relativer Armut:
    - **Armutsgefährdungsquote** als Messzahl relativer Armut: Anteil der Personen, deren Nettoäquivalenzeinkommen weniger als 60 % des Medians (Mittelwert) eines Mitgliedsstaates beträgt.
    - **Definition Nettoäquivalenzeinkommen:** individuelle Einkommen der Haushaltsmitglieder plus private und öffentliche Transferleistungen.
    - **Armutsquote:** Bevölkerungsanteil, dessen Einkommen unterhalb des Nettoäquivalenzeinkommens liegt (BRD 2018: 15,5 %; Ø EU: 17,3 %).
- Hartz-IV-Urteil des BVerfG von 2010: Garantie eines menschenwürdigen Existenzminimums für Menschen, die arbeitsunfähig sind, ist im GG verankert. Die Hartz-IV-Sätze, die seit 2005 galten, sind verfassungswidrig, da sie das Existenzminimum nicht sichern.
- **Risikogruppen in Deutschland:** Alleinerziehende, (Langzeit-) Arbeitslose, Geringqualifizierte, Rentner und Migranten.
- **Folgen:** mangelhafter, materieller Lebensstandard; Bildungsarmut der Kinder; atypische Beschäftigungen; geringere Lebenserwartung und politische Teilnahme.
- **Bekämpfung:** Erhöhung der Grundsicherung; Vereinbarkeit von Familie und Beruf; Reduktion des Niedriglohnsektors; Qualifikation von Arbeitslosen; Aufbau eines geförderten Arbeitsmarktes („zweiter Arbeitsmarkt"); Förderung der Vollbeschäftigung; frühkindliche Betreuung und Bildung, um den „Teufelskreis" der Armut zu durchbrechen.

Demografie und demografischer Wandel

- Demografie ist die Wissenschaft von der Bevölkerung, die den gesellschaftlichen Status quo beschreibt (Bevölkerungsgröße, Altersstruktur, Zuwanderung …) und daraus Prognosen für die Zukunft (z. B. Bevölkerungszunahme bzw. -abnahme) ableitet.
- Kurzfristig (bis 2035) wird die Bevölkerung in Deutschland laut Studien des Instituts der deutschen Wirtschaft auf mehr als 83 Mio. anwachsen (2018: 81 Mio.) Langfristig ist mit einer Abnahme zu rechnen: 2060 werden voraussichtlich zwischen 67–77 Mio. Menschen in Deutschland leben (Bundesinstitut für Bevölkerungsforschung).
- **Zuwanderung und Abwanderung:**
  - Seit den frühen 1990-Jahren bis 2008 überstieg die Zahl der Abwanderung die der Zuwanderung (negative Nettozuwanderung); seitdem Anstieg, insbesondere im Zuge der Flüchtlingskrise (2018: Zahl der Zuwanderer überstieg um ca. 400 000 die der Abwanderung).
  - Laut einer Studie der Bertelsmann-Stiftung benötigt die BRD bis 2050 jährlich 500 000 Einwanderer, um die Zahl an Arbeitskräften und das Sozialsystem sicherzustellen. Dies war lediglich 2015 und 2016 durch die Flüchtlingskrise gegeben.
- **Geburtenrate und Sterblichkeit:**
  - Geburtenrate 2018: 1,57 Kinder/Frau; mit deutscher Staatsangehörigkeit: 1,45, mit ausländischer: 2,12.
  - 2018: Geburtendefizit von mehr als 160 000; für 2045 Annahme eines Geburtendefizits von mehr als 400 000 Menschen.
  - Seit 1972 übertrifft die Zahl der Sterbefälle die der Geburten. Durch die steigende Lebenserwartung erhöht sich der Altersdurchschnitt der Gesellschaft.
- **Herausforderungen:** Alterung der Gesellschaft; regional große Unterschiede beim demografischen Wandel: Schrumpfung in eher ländlich und wirtschaftlich schwächeren Regionen, Zuwachs in Ballungsgebieten und Städten; Migration und Integration; die Gesellschaft wird kulturell vielfältiger.

Rente und Generationenvertrag

- Die wirtschaftliche Grundlage der Rente ist der **Generationenvertrag**, ein „unausgesprochener" Vertrag. Er beruht auf der Solidarität zwischen den Generationen: Die arbeitende Generation zahlt Beiträge ein, mit der Erwartung, dass die nachfolgende Generation sich ebenso verhält, wenn sie selbst ins Rentenalter kommt.
- Alle Arbeitnehmer (teilweise auch Selbstständige) sind verpflichtet, Beiträge zur gesetzlichen Rentenversicherung zu zahlen, die der Arbeitgeber automatisch abführt.
- Seit 1957: Dynamisierung der Rente nach einer Rentenformel zur Sicherstellung des Lebensstandards. Als Bemessungsgrundlage hierfür gilt die wirtschaftliche Entwicklung im Land.
- Ab 2021 sollen alle, denen trotz 35 Beitragsjahren nur die Grundsicherung zusteht, eine Grundrente, also eine monatliche Aufstockung erhalten.
- **Rentenproblematik:** Die Anzahl an Beitragszahlern wird weniger. Gründe z. B. demografischer Wandel, Alterung der Bevölkerung; Älterwerden der Menschen; längere Ausbildungszeiten; hohe Arbeitslosenquoten; Vorruhestandsregelungen; sinkende Lohnquoten; nichtstandardisierte Erwerbsbiografien; Emigration; Produktionsverlagerungen ins Ausland; Schwarzarbeit.
- **Maßnahmen der Politik:** Primär: Erhöhung der Beiträge und des Renteneintrittsalters; Kürzungen der Rentenzahlungen; Erhöhung der Zuschüsse aus Steuergeldern. Sekundär: Bekämpfung von Arbeitslosigkeit; familienfreundliche Politik (Vereinbarung Familie/Beruf); Förderung privater Vorsorgen (z. B. Riester-Rente, Rürup).

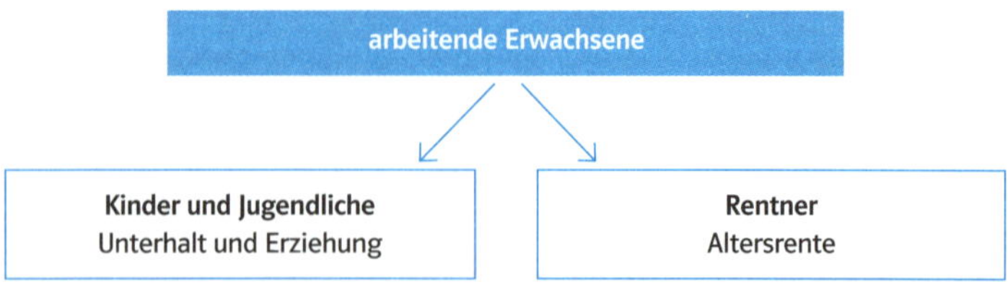

Gerechtigkeit

- „Unter Gerechtigkeit werden moralisch begründete, akzeptierte und wirksame Verhaltens- und Verteilungsregeln verstanden, die Konflikte vermeiden, welche ohne die Anwendung von Gerechtigkeitsregeln bei der Verteilung begehrter Güter oder ungeliebter Lasten auftreten würden." (Soziologe Stefan Hradil 2012)
- **Gerechtigkeitskonzepte:**
  - Bedarfsgerechtigkeit = Grundbedürfnisse der Menschen sind gedeckt;
  - Generationengerechtigkeit = Gerechtigkeit zwischen den Generationen;
  - Leistungsgerechtigkeit = wer mehr leistet, dem steht mehr zu;
  - Ergebnisgerechtigkeit = jedem steht das Gleiche zu;
  - Regelgerechtigkeit = gleiche Regeln/Gesetze für alle.
- **„Theory of Justice"** (1971) von **John Rawls**, amerikanischer Philosoph und Professor an der Harvard University:
  - Rational und vernunftbegabte Menschen würden zwei Grundsätze zur Gestaltung einer gerechten Gesellschaft wählen, wenn sie unter dem **„Schleier der Unwissenheit"** stünden:
    1. Jeder Mensch hat das gleiche Recht auf möglichst zahlreiche Grundfreiheiten.
    2. Soziale und wirtschaftliche Ungleichheiten sind a) zu jedermanns Vorteil und b) mit Ämtern und Positionen verbunden, die jedem offenstehen.
  - **Schleier der Unwissenheit:** Die Unkenntnis über sich selbst hinsichtlich Leistungsfähigkeit, Ausbildung, Gesundheit, Status, Beruf etc. und damit über die eigene Stellung in der Gesellschaft – also ob man eher besser oder schlechter gestellt ist – führt in diesem Gedankenexperiment dazu, dass man sicherstellen möchte, dass der Staat zumindest das Existenzminium sichert. → Mit Rawls Gerechtigkeitsbegriff mit den Elementen der Gleich- und Umverteilung lässt sich eine wohlfahrtsstaatliche Politik begründen.

Soziale Ungleichheit bei Einkommen und Vermögen

- Soziale Ungleichheit liegt vor, wenn die Ressourcenausstattung (z. B. Bildungsgrad, Einkommenshöhe) oder die Lebensbedingungen von Menschen innerhalb einer Gesellschaft so verteilt sind, dass bestimmte Bevölkerungsteile regelmäßig über bessere Lebens- und Verwirklichungschancen verfügen. Unterschieden werden kann zwischen bloßen Unterschieden (horizontale Ungleichheit) oder zwischen Besser- bzw. Schlechterstellungen zwischen Menschen (vertikale Ungleichheit).

- **Messung**
  - **Lorenzkurve:** Grafische Darstellung der Ungleichverteilung von Einkommen; sie befindet sich immer zwischen der 45-Grad-Linie (= gleiche Einkommensverteilung) und der „Linie der totalen Ungleichheit". Entscheidend ist der Abstand zwischen der Lorenzkurve und der „45-Grad-Linie", d. h. um wie viel Prozent die beobachtete Einkommensverteilung von einer Gleichverteilung abweicht.

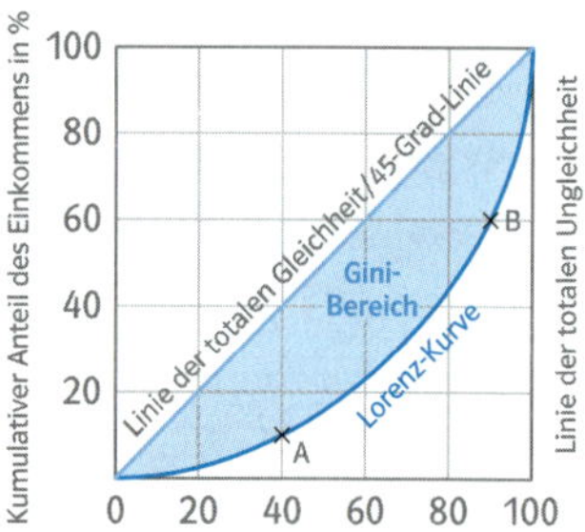

  - Der Gini-Koeffizient drückt das Ausmaß der Einkommensverteilung in einer Zahl zwischen 0 und 1 aus (0 = völlige Gleichverteilung, 1 = völlige Ungleichverteilung der Einkommen). In der BRD kann man eine Zunahme der Reichen und der Armen feststellen, aber kein Verschwinden der Mittelschicht (Gini-Koeffizient für Nettoeinkommen BRD 2018 bei 0,29; USA 0,39; Norwegen unter 0,25).
  - **Lohn- und Gewinnquote:** Prozentualer Anteil des Arbeitnehmerentgelts wie Löhne, Gehälter, Sozialbeiträge der Arbeitgeber am Volkseinkommen bzw. Anteil der Einkommen aus unternehmerischer Tätigkeit am Volkseinkommen. Die Lohn- bzw. Gewinnquote gibt an, wie sich das Volkseinkommen auf Arbeitgeber und Arbeitnehmer aufteilt.
  - **Allerdings:** Kritik an der Lohnquote, z. B. Fehlen von Einkommen aus Selbstständigkeit, Fehlen der Rendite des Geldvermögens.

Soziale Ungleichheit in Deutschland

- **Situation in Deutschland:**
  - Es gibt große Unterschiede bei der Vermögensverteilung: Die 45 Reichsten besitzen so viel wie die ärmere Hälfte der Bevölkerung.
  - 1991–1995 waren 3 % der Haushalte dauerhaft arm, lebten also seit 5 Jahren unter der Armutsgrenze. 2011–2015 stieg der Wert auf 5,4 %. Die Zahl der dauerhaft Reichen nimmt zu, jedoch langsamer als die der Armen, von 3,3 % auf 3,42 %.
  - Die Mittelschicht (zwischen 70 und 130 % des Medianeinkommens) wird kleiner, sie nahm von Ende der 1990er-Jahre bis 2015 um 6 % auf 54 % ab. Folge: Abnahme des Zukunftsvertrauens, soziale Konfusion, gesellschaftliche Segregation (Trennung), z. B. Zunahme privater Bildung in Privatschulen.
  - Bezieher mittlerer Einkommen empfinden ihr Nettoeinkommen im Vergleich zum Bruttoeinkommen als ungerecht.
  - Zunahme der Ungleichheit zwischen Regionen (Ost-West-, aber auch Nord-Süd-Gefälle) und damit Widerspruch zum Grundsatz gleichwertiger Lebensverhältnisse im ganzen Bundesgebiet.
- **Ursachen:** Niedrigzinspolitik; Mietsteigerungen. Atypische Beschäftigung: Jeder vierte Beschäftigte arbeitet prekär, also geringfügig in Leih- oder Zeitarbeit. Altersarmut; Steuerbelastungen; Digitalisierung und Plattformökonomie (Polarisierung der Jobs).
- **Sollte Ungleichheit bekämpft werden?**
  - **Ja:** Ungleichheit wirkt sich negativ auf das Wirtschaftswachstum sowie die Dauer der Wachstumsphasen (Konsumnachfrage, Humankapital) aus. Ungleichheit hat negative Auswirkungen auf den sozialen Frieden; Anstieg von Populismus und Politikverdrossenheit; Gentrifizierung, Entstehung von Problemvierteln (Kriminalität und Drogen).
  - **Nein:** Solange jeder die gleichen Chancen und Rechte hat, kann Ungleichheit bestehen bleiben. Sie gilt als Ansporn für Kooperation und Wettbewerb, als Anreiz für individuelle Anstrengungen. Werden Reiche immer reicher, so ist das zu tolerieren, solange auch die weniger Wohlhabenden Vermögenszuwächse haben.

Der Mindestlohn – Reduktion von Ungleichheit?

- **Definition Mindestlohn:** Er ist eine in der Höhe durch eine gesetzliche Regelung festgeschriebene Untergrenze für Einkommen aus Arbeit. Dieser beträgt seit dem 1.1.2019 bundesweit 9,19 €. Die von der Regierung ernannte Mindestlohnkommission empfiehlt eine Anpassung auf 9,35 € ab 2020 (Stand Januar 2020).

Pro Mindestlohn	Kontra Mindestlohn
• Existenzsicherung der Arbeitenden (Reduzierung der „Working Poor" und Sicherstellen von sozialer Gerechtigkeit) • weniger Sozialtransfer aus öffentlichen Kassen • wirkt Lohndumping entgegen • kann Schwarzarbeit verhindern, da Arbeitnehmer dank Mindestlohn mehr verdienen • kurbelt Binnennachfrage an • gleicht Wettbewerbsbedingungen der Betriebe an • fördert Motivation und Produktivität • ist bereits in 22 EU-Staaten eingeführt	• Problem der Festlegung des Mindestlohnsatzes (Diskrepanz zwischen wirtschaftlich vernünftiger und sozialpolitisch gebotener Lohnhöhe) • Gefahr der Zunahme von Schwarzarbeit aufgrund der steigenden Kosten für Arbeitgeber • Preissteigerungen • Eingriff in die Vertragsfreiheit und Tarifautonomie (bei gesetzlicher Lösung) • Höhe des Mindestlohnes in Abhängigkeit der gewerkschaftlichen Macht (bei Tarifvertragslösung) • mehr Bürokratie durch Kontrollen

- Wirkung von Mindestlöhnen nach der klassischen Theorie:

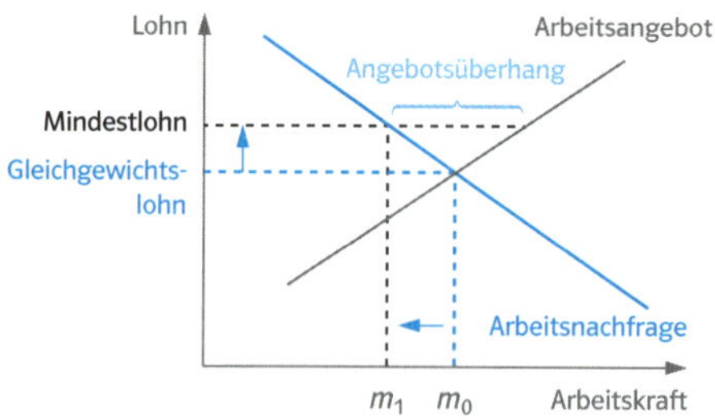

Bei der Einführung von Mindestlohn steigt die Zahl der Personen, die ihre Arbeitskraft anbieten; die Nachfrage nach Arbeitskräften sinkt (von m_0 auf m_1), Folge: Arbeitslosigkeit entsteht.

Steuern – ein Mittel gegen Ungleichheit?

- **Idee der „negative Einkommensteuer":** Negativ bedeutet, dass der Staat kein Geld einzieht, sondern zur Deckung des Existenzminimus an Geringverdiener zahlt. Positive Einkommenssteuer verlangt er erst, wenn ein bestimmtes Einkommen erzielt wird. Dadurch soll sich auch gering bezahlte Arbeit lohnen.
    - **Pro:** Einsparungen von Verwaltungskosten; schlüssiges, transparentes Modell;
    - **Kontra:** Verlust von Arbeitsanreizen möglich; Ursachen von Einkommensarmut werden dadurch nicht beseitigt. Fraglich ist, ob ausreichend Tätigkeiten im Niedriglohnsektor entstehen und Arbeitgeber es sich leisten können, Mindestlöhne zu zahlen, die über den Transferleistungen des Staates liegen.
- **Vermögenssteuer:** Steuer, die auf das Vermögen (d. h. auf das Nettovermögen = Bruttovermögen – Schulden) eines Steuerpflichtigen zu zahlen ist. Sie wurde 1996 das letzte Mal in Deutschland erhoben (9 Mrd. DM) und stand den Bundesländern zu.
    - **Pro:** Die Ungleichheit der Vermögen gilt als eine der Ursachen von Einkommens- und Ungleichheit. Im internationalen Vergleich werden Vermögen in der BRD am niedrigsten besteuert. Wird zur Deckung von Finanzlücken wie 2006 die Mehrwertsteuer erhöht, trifft dies besonders Finanzschwache, Wohlhabende kaum.
    - **Kontra:** Eine Vermögenssteuer wird als nachträgliche Einkommens-, Erbschafts- oder Schenkungsteuer (die bereits bezahlt wurden) angesehen. Kann die Vermögenssteuer nicht aus dem Einkommen beglichen werden, muss dies über das Vermögen erfolgen, das aber nicht nur liquide Mittel enthält, die u.U. verkauft werden müssen. Es Ist außerdem schwierig, Vermögen zu bewerten und bedeutet einen Verwaltungsaufwand.
- **Spitzensteuersatz:** Der Steuersatz hängt von der Höhe des zu versteuernden Einkommens ab. Der Spitzensteuersatz ist eine prozentuale Obergrenze für die Besteuerung von Einkommen. Er beträgt 42 % und gilt ab einem Einkommen von 55 961 € für Ledige (Stand 2019). Ab einem zu versteuernden Jahreseinkommen von 265 327 € (Ledige, Stand 2019) beträgt der Höchststeuersatz 45 % = sog. „Reichensteuer", 2007 eingeführt.

Bedingungsloses Grundeinkommen (BGE) – eine Utopie?

- **Definition:** Idee eines existenzsichernden Einkommens, das jedes Mitglied einer Gesellschaft, unabhängig von Leistung und Herkunft, in Anspruch nehmen kann. Somit: Doppelter Systemwechsel, da es nicht nur für Bedürftige und unabhängig von der individuellen Situation gezahlt würde.
- **Anlässe für die Diskussion:** Digitalisierung, technologischer Wandel kann die menschliche Arbeitskraft durch Maschinen/Computer ersetzen, wobei eine Produktivitätssteigerung möglich ist („Automatisierungsrendite"). Reformbedarf des Sozialsystems wegen demografischem Wandel.

Pro	Kontra
• Wegfall des Rechtfertigungsdrucks von Leistungsempfängern • Einsparungen in der Sozialverwaltung • Ende der Sanktionen für Arbeitslose • Reduktion von Ungleichheit • kein Wegfall der Leistungen bei Arbeitsaufnahme • höhere Kündigungsbereitschaft der Arbeitnehmer könnte zu besseren Arbeitsplätzen führen • Abbau von Stress und Existenzängsten • Würdigung jeglicher Arbeit, z. B. Pflegearbeit • Anreiz zur Existenzgründung • ein Mehr an Freizeit könnte zu einem erhöhten ehrenamtlichen Engagement führen • BGE könnte Problem des Pflegenotstandes lösen	• Preissteigerungen könnten die Folge sein, z. B. bei Mieten, dadurch sinkt der Reallohn, das BGE wird geschwächt • Finanzbedarf ist kaum seriös abschätzbar • Finanzierung des BGE vermutlich über Sozialleistungen und höhere Steuern nötig • möglicherweise Schlechterstellung von Empfängern hoher Sozialleistungen • möglicherweise Sinken weiblicher Erwerbsarbeit zugunsten traditioneller Rollenverteilung • mangelnde Legitimität, öffentliche Meinung ist dagegen, z. B. Ablehnung des BGE in der Schweiz 2016 (78 % kontra) • Gefahr fehlender Arbeitskräfte, besonders für schwere Arbeiten, schon heute z. B. Mangel an Erntehelfern • erzeugt Abhängigkeit von staatlicher Zuwendung • "Gießkannenprinzip", auch ein Millionär erhält das BGE

Migration und Integration

- **Migration** bedeutet, den Lebensmittelpunkt langfristig über eine größere Entfernung sowie administrative Grenzen hinweg zu verlegen. Dies kann erfolgen von einem Dorf in die Stadt, zwischen Landesteilen (Binnenmigration) oder über Staatsgrenzen hinweg (internationale Migration).
- Da es in der EU aufgrund der europäischen Freizügigkeit kaum rechtliche Beschränkungen gibt, gilt eine Wanderung innerhalb der EU als eine Zwischenform beider Migrationsarten.
- Die UN definiert Migration als Verlagerung des Wohnsitzes für mehr als drei Monate (Kurzmigration/temporäre Migration) oder mehr als ein Jahr (Langzeit-/dauerhafte Migration) in ein anderes Land.
- Die **Ursachen** lassen sich in **Push-** und **Pull-Faktoren** (= Druck- und Sog-Faktoren) unterteilen. Zu ihnen gehören:
  - Arbeitsmigration, Ziel: besserer Verdienst, Jobchancen;
  - Familienmigration, Ziel: Familiengründung;
  - Bildungsmigration, Ziel: Streben nach (Aus-) Bildung;
  - Flucht- bzw. Gewaltmigration, Lifestyle-Migration, Ziel: Suche nach Abenteuer, einem „angenehmeren" Leben.
- Wer selbst oder wessen Eltern bzw. Großeltern seit 1949 aus einem anderen Land nach Deutschland kam, verfügt über einen **Migrationshintergrund** (2018 ca. 25,5 % der Bevölkerung).
- **Rechtliche Regelungen zur Migration:**
  - Das Völkerrecht sieht ein individuelles Recht auf Auswanderung (Rückkehr ins Heimatland) vor, woraus jedoch kein Recht auf Einwanderung in ein Land der Wahl abzuleiten ist.
  - Allgemeine Erklärung der Menschenrechte (Art. 16 Schutz von Ehe und Familie), Europäische Menschenrechtskonvention (Art. 8 Achtung des Rechts auf Privat- und Familienleben), die Grundrechte-Charta der EU (Art. 33 mit staatlichem und gesellschaftlichem Schutz der Familie).
  - Bundestagsbeschluss 2018 über den Familiennachzug für subsidiär Schutzberechtigte.
- **Integration** = Eingliederung der Migranten in die Gesellschaft. Als Indikator für die Integration größerer Migrantengruppen gilt u.a. die Zahl transnationaler Eheschließungen oder Familiengründungen.

Deutsche Asyl- und Migrationspolitik

- 1993: Asylkompromiss: Einführung des Konzepts der sicheren Herkunftsländer; seither haben Menschen aus diesen Staaten nur noch geringe Chancen, in Deutschland Asyl zu erhalten (dazu gehören z.B. alle Mitgliedsstaaten der EU).
- 1997: Nach dem **Dublin-Verfahren** (Bestandteil des Gemeinsamen Europäischen Asylsystems GEAS) ist der Staat der ersten Einreise innerhalb der EU für die Bearbeitung eines Asylantrags zuständig → besondere Verantwortung kommt den Staaten mit EU-Außengrenzen zu; Deutschland lehnte damals einen Verteilungsmechanismus ab.
- **Die Flüchtlingskrise:**
  - 2015 Höhepunkt der Flüchtlingskrise: 1,3 Mio. Flüchtlinge kommen in die EU, v.a. aus dem Nahen Osten, Asien und Nordafrika.
  - Angela Merkel: „Wir schaffen das!", Grenzöffnung; deutsche Sonderzüge aus Ungarn nach Österreich und Deutschland.
  - 2015: **Quotenregelungen** innerhalb der EU wird gefordert, Deutschland will ein Konzept der Umverteilung und Aufnahmepflicht bei großem Zustrom. Die Auseinandersetzung wird zur Belastung für die EU: Bruch zwischen Ost (Renationalisierung der Flüchtlingspolitik) und West (Quoten, volle Vergemeinschaftung und Harmonisierung).
  - 2016: EU-Türkei-Abkommen, Ziel: Reduzierung der Flüchtlinge, die über die Türkei in die EU reisen. Verpflichtung der Türkei zu mehr Grenzschutz und Rücknahme illegaler Flüchtlinge, dafür erhält sie Milliardenhilfen.
- 2018: **Globaler Migrationspakt**, Ziel: Verbesserung der Lebensbedingungen von Migranten und bessere Regelung von Migration. Aber: Es handelt sich dabei nicht um einen völkerrechtlichen Vertrag und somit hat dieser Pakt keine Rechtswirkung.
- 2020: **Fachkräfteinwanderungsgesetz**; qualifizierte Arbeitnehmer aus Nicht-EU-Staaten dürfen auch ohne Arbeitsvertrag zur Jobsuche in das Land kommen (galt bis dahin nur für Hochschulabsolventen).

Gesellschaftlicher Wandel: Modernisierung

- „Modernisierung" meint Vorgänge, die einen umfassenden sozialen, politischen und wirtschaftlichen Wandel von einer traditionellen hin zu einer modernen (arbeitsteiligen, wirtschaftlich entwickelten, demokratischen) Gesellschaft beschreiben.

- Der Modernisierungsprozess lässt sich in Teilprozesse gliedern:
  - **Differenzierung** bedeutet, dass etwas, was einst ganz war, in neue Einheiten aufgespalten wird, z. B. durch Spezialisierungen.
  - **Individualisierung** beschreibt Prozesse, die uns aus Abhängigkeiten und Traditionen befreien. So werden z. B. verwandtschaftliche Beziehungen durch selbst gewählte soziale Netze ersetzt. Eng verbunden damit ist die Pluralisierung von Lebensstilen.
  - **Rationalisierung** hat das Ziel, Prozesse prognostizierbarer, beherrschbarer, „verrechenbarer" zu machen. An die Stelle von zufälligen und planlosen Prozessen treten arbeitsteilige, standardisierte, organisierte und bürokratische Prozesse.
  - **Domestizierung** bedeutet die Unterwerfung der Natur.
  - **Beschleunigung:** Das Tempo von technischen Innovationen und des sozialen Wandels wird zusehends schneller. Ursachen hierfür sind die kapitalistische Wirtschaft (Ziel: Profitmaximierung), die Kultur der Rationalisierung (der Schnellste ist der Erfolgreichste) und das Prinzip der funktionalen Differenzierung (= innerhalb eines sozialen Systems bilden sich einzelne Teilsysteme heraus, die eine bestimmte Funktion für das Gesamtsystem erfüllen, z. B. das Wirtschaftssystem, das Rechtssystem, etc.).
  - **Globalisierung:** Prozess der zunehmenden Verflechtung und gegenseitigen Abhängigkeit der Länder.
  - **Integration** bezieht sich auf den Prozess, bei dem verschiedene Teilbereiche koordiniert werden. Im Zentrum steht die Frage, was die Gesellschaft, die durch Differenzierungen und Individualisierungen charakterisiert ist, zusammenhält.
  - **Vergeschlechtlichung:** Modernisierung ist mit einer Verfestigung der Geschlechterdifferenzen in Hierarchien verbunden.

- **Kritik:** Problematisch ist die Annahme, dass die soziopolitische Struktur des Westens bereits der Endpunkt der Moderne ist, dass negative Folgen (z. B. soziale Ungleichheit) ausgeblendet werden und dass Tradition und Moderne als unvereinbar gelten.

Der Ordoliberalismus (Walter Eucken 1891–1950)

- **Ordoliberalismus = theoretische Grundlage** der Sozialen Marktwirtschaft. Ziel: Schaffung eines Ordnungsrahmens zum Schutz der Freiheit gegen Staatswillkür bzw. große Unternehmen. Gegenmodell: Laissez-faire-Kapitalismus oder Zentralplanung.

- **Prinzipien der Wirtschaftsverfassung gemäß des Ordoliberalismus:**
  - Staat: Konzentration auf die Schaffung eines Ordnungsrahmens, regulierender Schiedsrichter, kein Nachtwächter (→ S. 94). Erhalt eines freien Preissystems, keine großen Staatsunternehmen;
  - Primat der Währungspolitik: Vermeidung starker Inflation → Geldwertstabilität;
  - Privateigentum an den Produktionsmitteln und Kontrolle durch Konkurrenz. Eigentum verpflichtet, Vertragsfreiheit als Basis des Unternehmertums;
  - Grundsatz der Haftung: Belohnung erfolgreicher (durch Gewinne am Markt) und Ausscheiden erfolgloser Unternehmer; keine Privatisierung von Gewinnen und Sozialisierung von Verlusten;
  - Grundsatz der offenen Märkte: innen für neue Anbieter (z. B. freie Berufswahl), außen für Binnenmarkt und internationalen Handel (z. B. keine Einfuhrverbote);
  - Konstanz der Wirtschaftspolitik: keine Stop-and-go-Politik, sondern langfristiger Planungshorizont für Unternehmen.
  - Vertragsfreiheit: Marktakteure verfügen über die Freiheit, Marktkontrakte ohne äußerliche Beschränkung abschließen zu dürfen. Sie darf jedoch nicht zur Beeinträchtigung oder Beseitigung der Wettbewerbsordnung missbraucht werden.
  - Interdependenz (wechselseitige Abhängigkeit) der Ordnungen: Verbindung von Demokratie und dezentraler Marktwirtschaft; Kohärenz (Zusammenhang) aller Prinzipien.

- **Regulierende Prinzipien:** Monopolkontrolle und Wettbewerbspolitik; Einkommenspolitik: Garantie eines Mindesteinkommens. Regelung der Einkommensverteilung durch den Markt, progressiver Steuertarif, Sozialpolitik als Hilfe zur Selbsthilfe. Korrektur externer Effekte, Vorkehrungen gegen anomale Reaktionen des Angebots (z. B. Absinken des Lohnes unter das Existenzminimum).

Soziale Marktwirtschaft

- Die soziale Marktwirtschaft ist die Wirtschaftsordnung der Bundesrepublik Deutschland.
- **Begriff:** Er wurde geprägt von Ludwig Erhard CDU (1949–1963 Bundesminister für Wirtschaft, 1963–66 Bundeskanzler) und Alfred Müller-Armack, dem eigentlichen „Vater des Wirtschaftswunders". 1947 erschein sein Buch „Wirtschaftslenkung und Marktwirtschaft" = „Geburtsdokument" der sozialen Marktwirtschaft.
- **Idee:** Verbindung der Markteffizienz mit der Idee der sozialen Gerechtigkeit und Sicherheit, daraus resultiert eine friedenstiftende Funktion der neuen Wirtschaftsordnung (soziale Irenik).
- **Ziel** ist ein größtmöglicher Wohlstand bei einer bestmöglichen sozialen Absicherung des Einzelnen.
- **Ausgangspunkt:** Dominanz marxistischer, kollektivistischer und nationalistischer Strömungen in der Wirtschafts- und Gesellschaftspolitik, Neuanfang nach dem Ende des Deutschen Reiches.
- **Theoretische Grundlage:** Freiburger Schule des Neoliberalismus, auch als **Ordoliberalismus** bezeichnet (→ S. 82): Schaffung eines Ordnungsrahmens, um die Freiheit vor Willkür eines Staates oder großer Unternehmen zu schützen. Die soziale Marktwirtschaft enthält pragmatische wirtschaftspolitische Elemente (Prozesspolitik).
- **Widerstände** gab es z. B. gegen Art. 41 der hessischen Landesverfassung, der die Überführung der Schlüsselindustrien in Gemeineigentum und eine staatliche Kontrolle über Großbanken und Versicherungen vorsah; Ahlener Programm der CDU (1947) mit Skepsis gegenüber dem Kapitalismus.
- **Aktuelle Herausforderungen:** Der demografische Wandel, Globalisierung, Digitalisierung und Klimawandel fordern eine Anpassung der Rahmenbedingungen.

Der Staat in der sozialen Marktwirtschaft

- **Funktionen des Staates in der sozialen Marktwirtschaft**

Allokation
effizientere Verteilung der begrenzten Ressourcen, Korrektur von Marktversagen und die Bereitstellung öffentlicher Güter → Wettbewerbspolitik, Rahmen für einen funktionierenden Wettbewerb
Distribution
Veränderung der Einkommens- und Vermögensstruktur durch Eingriffe mit dem Ziel, das Sozialstaatsgebot des GG zu erfüllen → Sozialpolitik, soziales Netz zur Sicherung der Beschäftigten und Bedürftigen
Stabilisierung
Sicherung des gesamtwirtschaftlichen Gleichgewichts durch staatliche Maßnahmen → Konjunkturmaßnahmen zur Beeinflussung des Konjunkturverlaufs. Struktur- und Bildungspolitik: Unterstützung bestimmter Regionen oder Branchen und Bereitstellung von Aufgaben, die vom Markt nur unzureichend bereitgestellt werden.

- **(Volkswirtschaftliche) Vorteile der sozialen Marktwirtschaft:**
  - Abmilderung der Ungleichheit durch Umverteilung vermeidet Kriminalität und Unruhen.
  - Absicherung des Existenzminimums steigert die Risikobereitschaft der Marktteilnehmer.
  - Die Nachteile des freien Marktes werden durch Regelungen ausgeglichen.
  - Nutzung der Umverteilung für Bildungsinvestitionen, z. B. entgeldloses Bildungssystem, steigert das Humankapital.
  - Sie entspricht am ehesten dem Gerechtigkeitsansatz von Rawls (→ S. 73).
  - Ihr Rechtsrahmen sorgt für funktionierende Märkte, das Wettbewerbsrecht z. B. für funktionierenden Verdrängungswettbewerb.
- **(Volkswirtschaftliche) Nachteile:**
  - Die Balance zwischen Steuerbelastung und Kosten für den Sozialstaat ist schwierig.
  - Zu hohe Sozialleistungen können Leistungsanreize vermindern.

Grundgesetz und Wirtschaftsordnung

- Das Grundgesetz ist wirtschaftspolitisch neutral, d.h. ein bestimmtes Wirtschaftssystem ist nicht festgeschrieben (Urteil BVerfG zum Investitionshilfegesetz 1954). Extremformen sind aber ausgeschlossen, Eigentumsrechte und Vertragsfreiheit etc. schließen eine zentrale Planwirtschaft aus. Die Sozialstaatsklausel (Art. 20 GG) und die Allgemeinwohlbindung des Eigentums verbieten Laissez-Faire-Kapitalismus (→ S. 82).
- Private oder staatliche Akteure können aber inhaltlich frei über ihr Wirtschaften oder ihre Wirtschaftspolitik entscheiden, d.h. wirtschaftspolitisches Fehlverhalten ist kein Verfassungsbruch.
- **Europäische Komponente:** Leitbild einer marktwirtschaftlichen Ordnung: vier Freiheiten des Binnenmarktes (Art. 3 EGV) → S. 156; Wirtschaftspolitik, „die auf einer engen Koordinierung der Wirtschaftspolitik der Mitgliedsstaaten, dem Binnenmarkt und dem Grundsatz einer offenen Marktwirtschaft mit freiem Wettbewerb verpflichtet ist" (Art. 4 EGV). Aber „Europa-Artikel 23": Gesetzgeber darf nicht „nach Belieben" aus dem Grundgesetz „aussteigen".

Verfassungsrechtliche Grundlagen der Sozialen Marktwirtschaft

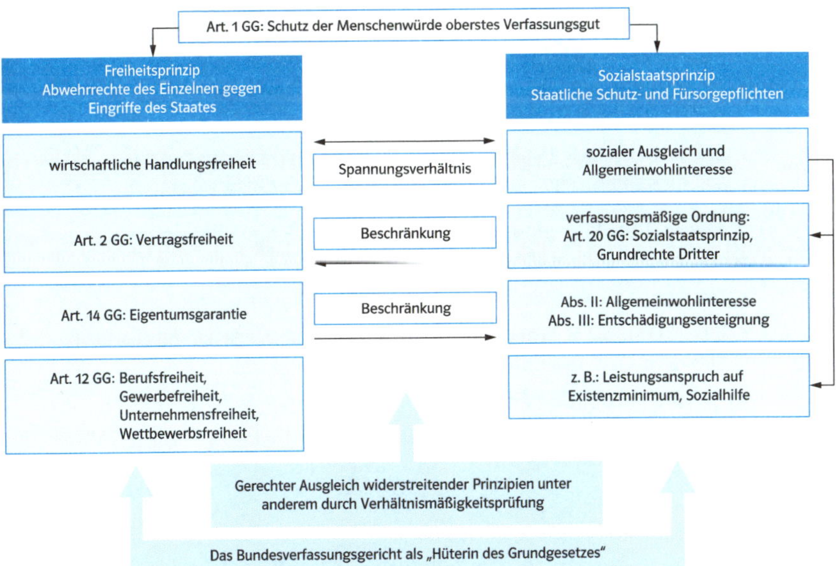

Wirtschaftspolitik

- **Wirtschaftspolitik:** Sie umfasst alle staatlichen Maßnahmen, die zur Ordnung und Steuerung der Rahmenbedingungen und Abläufe des Wirtschaftsgeschehens eingesetzt werden.
- Der **Einsatz wirtschaftspolitischer Instrumente** dient dem Erreichen der wirtschaftspolitischen Ziele, wie sie in § 1 des **Stabilitätsgesetzes** (StabG) von 1967 festgelegt sind (→ S. 88).
  - **Gründe für den Staatseingriff:** Konzentration wirtschaftlicher Macht, konjunkturelle Schwankungen, Börsencrashs, Beeinträchtigungen der Umwelt, allgemein: Marktversagen.
  - Das wirtschaftspolitische Instrumentarium wird im Rahmen kurzfristiger antizyklischer Konjunkturpolitik eingesetzt und dient zur langfristigen Gestaltung der Strukturpolitik.
  - Wirtschaftspolitik hat **unterschiedliche Handlungsfelder**, z. B. Ordnungs-, Prozess-, Industrie- und Strukturpolitik (→ S. 87).
- **Ordnungspolitik:** langfristige Festlegung der Rahmenbedingungen für wirtschaftliches Handeln („Staat als Schiedsrichter").
  - **Träger:** v.a. Legislative, Bsp.: Wettbewerbs-, Sozialpolitik;
  - **Instrumente:** Wirtschaftsverfassung, Unternehmensgesetze, Eigentums- und Geldordnung, Umweltpolitik etc.
  - Sie beeinflusst primär das Handeln und Verhalten der Haushalte und Unternehmen (mikroökonomische Einheiten).
  - Die aktuelle Ausgestaltung wird durch das jeweils herrschende ordnungspolitische Leitbild beeinflusst (z. B. Ordoliberalismus).
- **Prozesspolitik:** kurz- und mittelfristige, direkte Eingriffe in den Wirtschaftsablauf („Staat als Spieler").
  - Träger: v.a. Exekutive, Bsp.: Konjunktur- und Finanzpolitik;
  - Instrumente: z. B. Wettbewerbs-, Arbeitsmarkt-, Sozialpolitik, Steuern, Subventionen, Investitions- und- Infrastrukturpolitik.
  - Die Prozesspolitik zielt primär auf makroökonomische Größen ab (z. B. Bruttoinlandsprodukt BIP).

Industrie- und Strukturpolitik

- **Strukturpolitik:** Maßnahmen der Wirtschaftspolitik, die auf die Veränderung der **Wirtschaftsstruktur** abzielen; weiteres wirtschaftspolitisches Handlungsfeld neben der Ordnungs- und Prozesspolitik.
  - **Träger:** v.a. Exekutive (Bund, Länder, Gemeinden, EU);
  - **Instrumente:** z.B. Subventionszahlungen, Steuervergünstigungen, Importbehinderungen durch Zölle; arbeitsmarktpolitische Maßnahmen (Förderung beruflicher Mobilität).
  - Die Strukturpolitik zielt primär ab auf mesoökonomische Bedingungen, d.h. auf einzelne Regionen oder Branchen. Nach **Art. 72 Abs. 2 GG** hat der Bund das Recht und die Aufgabe, für **gleichwertige Lebensverhältnisse** zu sorgen. Es geht nicht um Gleichheit, sondern um Angleichung der Lebensbedingungen und Reduktion der ökonomischen und sozialen Spaltung der Gesellschaft.

- **Strukturwandel:** langfristige und umfassende Änderungen im Sektorenverhältnis einer Volkswirtschaft; folgende Dimensionen lassen sich dabei unterscheiden:
  - **sektoral:** Drei-Sektoren-Hypothese: Im Laufe der wirtschaftlichen Entwicklung erfolgt zunächst eine Abnahme des Agrarsektors (= primärer Sektor), dann eine Zunahme des industriellen (= sekundärer) Sektors, der dann von den Dienstleistungen (= tertiärer Sektor) übertroffen wird. Im tertiären Sektor sind aktuell ca. 60 % der Beschäftigten der BRD tätig.
  - **intrasektoral:** Veränderungen innerhalb eines Sektors, z.B. durch Automatisierung;
  - **regional:** Veränderung der Struktur einer Region, z.B. Entwicklung Bayerns vom Agrar- zum Hochtechnologieland.

- **Strukturförderung des Bundes:** Sie zielt ab auf die Wettbewerbs- und Innovationsfähigkeit der Wirtschaft.

- **Strukturförderung der Länder:** Heute v.a. Standortwettbewerb und Innovationsförderung; in den Ländern auferlegte Schuldenbremsen und Kürzung der Mittel für EU-Fonds reduzieren den Handlungsspielraum für eine Strukturpolitik.

Vom Magischen Viereck zum Magischen Vieleck

- Der Begriff „Magisches Viereck“ stammt aus der Volkswirtschaft und umfasst vier unterschiedliche Ziele der Wirtschaftspolitik. Diese sind: **ein angemessenes und stetiges Wirtschaftswachstum, hoher Beschäftigungsgrad, stabiles Preisniveau, außenwirtschaftliches Gleichgewicht.** Sie zielen zusammen auf das primäre Ziel der staatlichen Wirtschaftspolitik, nämlich auf **ein gesamtwirtschaftliches Gleichgewicht.**
- Die Ziele sind in § 1 des Stabilitätsgesetz (StabG) von 1967 festgelegt. Sie werden als „magisch“ bezeichnet, da nicht alle Ziele gleichzeitig umgesetzt werden können.
- Folgende Beziehungen bestehen zwischen den Zielen:
  - **Zielkomplementarität:** Das Verfolgen eines Zieles fördert das Erreichen eines anderen Ziels.
  - **Zielneutralität:** Maßnahmen, die zum Erreichen eines Zieles getroffen werden, tangieren die anderen Ziele weder positiv noch negativ.
  - **Zielkonflikt:** Die Verwirklichung eines der Ziele behindert die Verwirklichung der anderen Ziele, z. B. Wirtschaftswachstum und Umweltschutz.
- Ergänzt werden diese durch weitere Ziele (Magisches Vieleck). Es zeigt sich, dass wirtschaftspolitische Ziele durch gesellschaftspolitische Werturteile bestimmt werden (z. B. Umweltschutz).

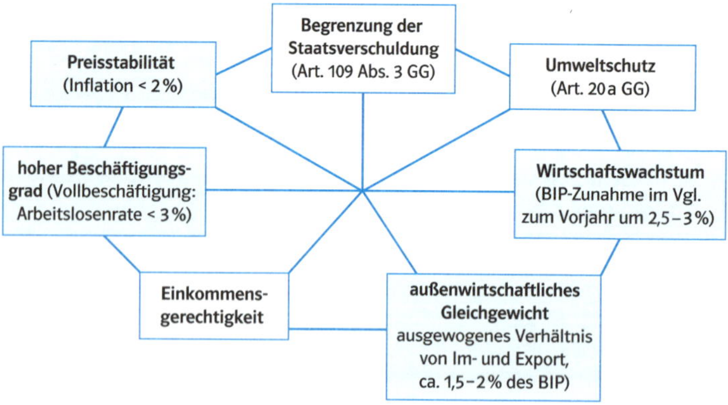

Inflation

- Inflation = Erhöhung des allgemeinen Preisniveaus. Sie bzw. die Preisstabilität ist Teil des „Magischen Vierecks“ (→ S. 88). Ziel: unter, aber nahe 2 % (Sicherheit gegenüber einer Deflation).
- Arten:
  - **Hyperinflation**, z. B. 1923 mit der Folge einer bis heute stark ausgeprägten Angst der Deutschen vor Geldentwertung,
  - **schleichende Inflation, galoppierende** und **versteckte Inflation.**
- **Ökonomische Bewertung**
  - Ein stabiles Preisniveau ist die Bedingung für das Funktionieren von effizienten Märkten. Die Inflation beeinträchtigt die Signalfunktion des Preismechanismus und führt zu Kaufkraftverlust.
  - Allokation: Inflationen führen dazu, dass Geld in Sachwerte und Betongold (= Immobilien) und nicht in innovative Investitionen fließt → Entstehung gesamtwirtschaftlicher Kosten.
- **Messung:** Sie erfolgt durch Erstellung eines regelmäßig angepassten Warenkorbs mit ca. 600 Waren und Dienstleistungen, die statistisch dem Verbrauch eines Haushaltes in einer bestimmten Zeit entsprechen.

Gewinner	Verlierer
• verschuldete Staaten • private Schuldner • Personen, die ihr Vermögen eher in Sachwerten, z. B. Immobilien, angelegt haben	• Bezieher fester Einkommen, z. B. Rentner • Sparer • Gläubiger • Mittelstand über „kalte Progression“

- **Deflation:** Anhaltender Rückgang des Preisniveaus; Verlagerung von Konsumausgaben in die Zukunft, Gefahr der Überschuldung für Unternehmen und Privatpersonen (Rückzahlungsbeträge für Kredite bleiben unverändert). Die Deflation ist für die Zentralbank schwierig zu bekämpfen.

Staatsverschuldung und „Schwarze Null"

- Der Begriff **„Schwarze Null"** bezeichnet einen ausgeglichenen öffentlichen Haushalt. Hierfür begrenzt Art. 115 Abs. 1 GG die Staatsverschuldung verfassungsrechtlich (**Schuldenbremse**). Seit 2019 darf die Neuverschuldung des Bundes 0,35 % des BIPs nicht überschreiten; ab 2020: Verschuldungsverbot für die Bundesländer.

- **Ursachen staatlicher Verschuldung:**
  - **konjunkturell**, deficit spending → S. 95,
  - **strukturell:** dauerhafte Finanzierungslücken, z. B. wegen der Deutschen Einheit,
  - **politisch:** Kreditaufnahme ist „einfacher" als Steuererhöhungen,
  - **kurzfristige Differenz zwischen Einnahmen und Ausgaben**, z. B. ungeplante Mehrausgaben, falsche Steuerschätzungen.

- **Argumente der Befürworter einer Politik der „Schwarzen Null":**
  - solide Staatsfinanzen durch Absenkung der Staatsverschuldung,
  - Verhindern teurer Wahlversprechen von Politikern,
  - Umsetzen der rechtlichen Vorgaben des Haushaltsausgleichs seitens der EU (Fiskalpakt von 2012),
  - intergenerationale Gerechtigkeit: Schulden von heute = Steuern von morgen.

- **Argumente der Gegner:**
  - Liegt die Wachstumsrate des BIP über dem Zinssatz, sinkt die Schuldenquote (Anteil der Schulden am BIP). Eine erhöhte Neuverschuldung muss dann nicht zu erhöhten Steuern führen.
  - Investitionsbremse: Es gibt zu wenig Geld für Zukunftsbereiche wie Energie- und Mobilitätswende, Bildung und Digitalisierung.
  - Niedrigzinsphase: Verzinsung zehnjähriger Bundesanleihen phasenweise unter Nulllinie, Anleihezinsen liegen unter der Wachstumsrate.
  - Die Politik der expansiven Austerität (= strenge Sparpolitik des Staates) war in der Euro-Krise nur bedingt erfolgreich.

Nachhaltigkeit und Umweltpolitik

- Nachhaltigkeit bedeutet gemäß des von der UN veröffentlichten Brundtland-Berichts von 1987 eine „dauerhafte Entwicklung, die die Bedürfnisse der Gegenwart befriedigt, ohne zu riskieren, dass künftige Generationen ihre Bedürfnisse nicht befriedigen können."

- Bei der Auseinandersetzung mit dem Thema Nachhaltigkeit haben sich verschiedene Konzepte herausgebildet, z. B. das **Nachhaltigkeitsdreieck**. Es zeigt, dass Nachhaltigkeit mehr als Umweltschutz ist und drei Aspekte berücksichtigt werden müssen.

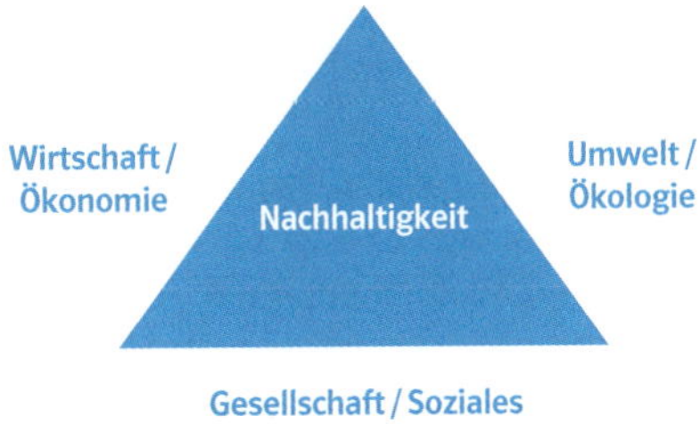

- **Umweltpolitik** umfasst alle Maßnahmen der Wirtschaftspolitik mit dem Ziel, die Qualität der Umwelt zu verbessern und sie vor den negativen Auswirkungen wirtschaftlicher Tätigkeiten zu schützen.

- Aus **ökonomischer Sicht** umfasst Umweltpolitik alle Maßnahmen, die dazu dienen, **externe Effekte zu internalisieren**, um die Allokation (Zuteilung) von Ressourcen zu verbessern.

- Warum Eingriffe des Staates notwendig sind:
  - Die Umwelt ist ein öffentliches Gut, von dem niemand ausgeschlossen werden kann = **Nicht-Rivalität; Nicht-Ausschließbarkeit** → Folge: Marktversagen, d. h. das Gut wird zukünftig nicht mehr angeboten = **Tragik der Allmende** (= Gemeingut).
  - Konsumenten bevorzugen den heutigen Konsum gegenüber Konsumchancen in der Zukunft.
  - Umweltverschmutzung ist ein Beispiel für negative externe Effekte, d. h. Nutzenverluste sind nicht im Preis enthalten.
  - Umweltpolitische Prinzipien kämen ohne staatliche Eingriffe nicht zur Geltung: Vorsorge-, Verursacher-, Kooperations- und Gemeinlastprinzip.

Umweltpolitische Instrumente

- **Gebote (Verbote, Grenzwerte, Auflagen)**
  - **Vorteil:** politisch relativ leicht durchsetzbar;
  - **Probleme/Nachteil:** hohe Vermeidungskosten (= Kosten, die der Verursacher von externen Effekten zur Schadenssenkung aufwendet) und hohe Bürokratie (geringe Effizienz). Bei einer Standortentscheidung liegt die Verantwortung für Umweltverbesserung beim Staat, denn Unternehmen haben keinen Anreiz, Innovationen zu beschleunigen, weil eine fortgeschrittene Technik neue Auflagen mit sich bringt.
- **Internalisierung (= Zuordnung von externen Kosten dem Verursacher), in Form von Steuern bzw. Abgaben (Pigou-Steuer):** Besteuerung des umweltschädlichen Verhaltens
  - **Vorteil:** Kostenerhöhung führt über marktkonforme Lenkungsfunktion idealerweise zum Rückgang des Angebots. Anbieter/Verursacher erhält bei Rückerstattung (doppelten) Anreiz, das schädliche Verhalten zu vermeiden.
  - **Probleme/Nachteile:** Ermittlung des optimalen Steuersatzes (Schattenpreises) ist aufgrund von Informationsdefiziten schwierig, Nachteil im Standortwettbewerb, Erhöhung der Arbeitslosigkeit. Bsp.: Ökosteuer auf Kraftstoff; Menschen sind evtl. bereit, für ihr umweltschädliches Verhalten einfach mehr zu bezahlen.
  - **Diskussion über CO_2-Steuer:** z. B. für nicht im Emissionshandel enthaltene Sektoren: Verkehr, Wärme und Landwirtschaft; Kontra: Fehlsteuerung sozialer Art, Belastung z. B. für sozial schwache Pendler.
- **Verschmutzungsrechte:** Unternehmen können diese in Form von Lizenzen oder Umweltzertifikaten erwerben, z. B. CO_2-Emissionshandel in der EU. Unternehmen müssen für jede Tonne CO_2 ein frei handelbares, unbegrenzt gültiges Zertifikat kaufen. Der Staat bzw. die EU bestimmt die Emissionsmengen, die nicht überschritten werden dürfen. Verringern Unternehmen den CO_2-Ausstoß, können sie Lizenzen einsparen. Es besteht also ein Anreiz für Umweltschutzmaßnahmen; der Anreiz zur CO_2-Reduktion erfolgt marktkonform und effizient über den Preismechanismus. Allerdings: Die Bestimmung der CO_2-Gesamtmenge ist schwierig, sie wird bestimmt von marktfremden Kriterien wie z. B. Lobbyismus. Gefahr der „Legalisierung" der Verschmutzung über Verschmutzungsrechte → der Preis der Verschmutzungsrechte entspricht nicht den externen Kosten.

Marktversagen

- Marktversagen bedeutet, dass der **Marktmechanismus** aus **Angebot und Nachfrage nicht zu wünschenswerten Ergebnissen für die Volkwirtschaft führt** und der Einsatz der Produktionsfaktoren gesamtwirtschaftlich nicht den größtmöglichen Ertrag bringt.
- **Ursachen** für Marktversagen:
  - **Negative externe Effekte:** Bei der Herstellung und dem Verbrauch von Gütern und Dienstleistungen **entstehen Kosten** (externe Kosten, z. B. Umweltbelastungen) oder **Einsparungen** (externe Ersparnisse bzw. externer Nutzen), die nicht vom Schadensverursacher übernommen werden, bzw. der Empfänger der Vorteile hat dafür kein Entgelt bezahlt.
  - **Öffentliche Güter:** Güter, von dessen Gebrauch niemand ausgeschlossen werden kann (**Ausschlussprinzip**) und die gleichzeitig von mehreren Personen genutzt werden können (**Nicht-Rivalität**), z. B. saubere Luft oder die äußere Sicherheit. Diese frei verfügbaren, begrenzten Ressourcen müssen vor Übernutzung geschützt und über Marktinteressen gestellt werden.
  - **Korruption:** Durch Zuwendungen werden Marktteilnehmer in ihren Marktentscheidungen beeinflusst. Ressourcen werden somit nicht mehr ideal zugewiesen, z. B. bei Vetternwirtschaft.
  - **Asymmetrische Informationen** meint, dass zwei Vertragsparteien nicht über dieselben Informationen verfügen und ein Informationsmangel bzw. Informationsvorsprung bei den Partnern vorliegt.
  - **Monopole:** Ein Monopol besteht, wenn auf der Angebotsseite ein Anbieter mehreren Nachfragern gegenübersteht. Da der Monopolist konkurrenzlos ist, hat er die Möglichkeit, die Absatzmenge oder die Preise festzulegen.
- **Beispiel für das Eingreifen des Staates: Unterstützung von Forschungs- und Entwicklungsarbeiten:** Unternehmen erhalten so den Anreiz für kostspielige Grundlagenforschung. Diese würden sie sonst unterlassen, da sie die Kosten tragen müssten, ohne ihre Forschungsergebnisse ausschließlich für sich beanspruchen zu können.

Liberalismus und Neoliberalismus

- Liberalismus (lat. „liberalis“ = die Freiheit betreffend), politische Philosophie mit Wurzeln in der Aufklärung (17. Jahrhundert). Leitidee: die individuelle Freiheit, d.h. die Abwesenheit von staatlichem Zwang.
- **Wirtschaftsliberalismus:**
  - Nach Adam Smith (1739–1790) ist ein freier Wettbewerb der Marktkräfte gut für das Gemeinwohl (**Theorie der unsichtbaren Hand**). Der Staat soll daher keine aktive Wirtschaftspolitik betreiben, sondern nur Rahmenbedingungen setzen (**Nachtwächterstaat**).
  - „Laissez-faire“ = eine extreme Form des wirtschaftlichen Liberalismus im 19. Jahrhundert (**Manchesterliberalismus**); der Staat hat nur eine Beobachterposition im Wirtschaftsgeschehen.
  - Kritik: Der Wirtschaftsliberalismus verhindert keine Monopole, Umweltzerstörung oder Probleme sozialer Art.
- **Neoliberalismus** (altgriechisch „neos“ = neu)
  - Hauptvertreter: Friedrich von Hayek (1899–1992), Milton Friedman (1912–2006, → S. 96); deutsche Variante = Ordoliberalismus (Freiburger Schule) → S. 82.
  - Ziel: Überwindung der Probleme des Laissez-faire-Kapitalismus.
  - Grundidee: Der Markt sorgt dafür, dass die Individuen ihre Bedürfnisse nach den eigenen Präferenzen befriedigen dürfen. Je weniger der Staat bemerkbar ist, desto besser.
  - Mittel: Deregulierung, Senkung der Staatsquote, Privatisierung; daher heute „politischer Kampfbegriff“ im Sinne von „Marktfundamentalismus“.
  - Gemäß dem Neoliberalismus wirkt Ungleichheit leistungsfördernd; Gerechtigkeit spielt eine untergeordnete Rolle.
  - Aufgaben des Staat: niedrige Grundsicherung; äußere/innere Sicherheit, Rechtsstaatlichkeit, Schutz des Privateigentums, Bereitstellen sozialer Dienste (Renten- oder Krankenversicherungen).
  - Kritik: Probleme des Klimawandels werden vernachlässigt, Zunahme sozialer Ungleichheit, Ökonomisierung des Privaten; Krisenanfälligkeit der Wirtschaft nimmt durch Deregulierung zu.

Nachfrageorientierte Wettbewerbspolitik nach Keynes

- John Maynard Keynes (1883–1946), Begründer des Keynesianismus; Hauptwerk: „Allgemeine Theorie der Beschäftigung, des Zinses und des Geldes" (1936). Seine Theorie fand Eingang in das deutsche Stabilitätsgesetz von 1967. Keynes sieht in der Weltwirtschaftskrise 1929 einen Beweis dafür, dass der Markt nicht zwangsläufig zu Vollbeschäftigung führt. Er fordert daher, dass der Staat in Krisen eine aktive Konjunkturpolitik betreibt, um so für eine ausreichende gesamtwirtschaftliche Nachfrage zu sorgen. Er ist somit ein Vertreter einer **nachfrageorientierten Wettbewerbspolitik.**
- **Zentrale Annahmen Keynes** zu Krisen bzw. Arbeitslosigkeit:
  - Krisen sind konjunkturell bedingt. Die gesamtwirtschaftliche Nachfrage nach Gütern kann geringer sein als das Angebot, wenn Sicherheitsdenken zu erhöhtem Sparen führt (Liquiditätsfalle); bei sinkenden Absatzerwartungen keine höheren Investitionen trotz Niedrigzins (Investitionsfalle). Einkommenssteigerungen können besonders bei Reichen zu einer unterproportionalen Zunahme der Konsumausgaben führen. Da die Privatwirtschaft nicht genug investiert, muss der Staat bei hoher Arbeitslosigkeit eingreifen; ein entstandenes Haushaltdefizit muss im Aufschwung wieder ausgeglichen werden.
- **Antizyklische Maßnahmen in der Rezession** (sichtbare Hand, Globalsteuerung):
  - Staatliche Konjunkturprogramme, z. B. Abwrackprämie 2009: Prämie für die Verschrottung eines alten und Kauf eines neuen Autos;
  - öffentliche Ausgaben erhöhen durch Kredite (Deficit spending);
  - Senkung der Einkommens- und Körperschaftssteuer;
  - Umverteilung von unten nach oben, Ziel: Massenkaufkraft stärken;
  - Leitzinssenkung, Ziel: geringere Spar- und Kreditzinsen.
- **Folge:** Ausweitung ökonomischer Kooperationsmöglichkeiten. Multiplikatoreffekte: Investitionen sind mit Einkommenseffekten verbunden. Akzeleratoreffekte: Einkommenseffekte lösen Nachfrageimpulse aus, ein erneuter Multiplikator geht hervor.

Die Angebotstheorie nach Friedman

- Milton Friedman (1912–2006), Vertreter des Neoliberalismus, erhielt 1976 den Wirtschaftsnobelpreis. Begründer des Monetarismus, d.h. der Annahme, dass die Geldmenge gemäß einer bestimmten Rate mit dem prognostizierten Wirtschaftswachstum korrespondiert. Inflation sei durch Geldmengenwachstum bestimmt. Damit grenzt er sich von den keynesianischen Fiskalisten ab (→ S. 95).
- Friedman deutet die Ursachen der Weltwirtschaftskrise von 1929 so: Der Kreditklemme von Banken und Unternehmen hätte durch eine Ausweitung der Geldmenge entgegengewirkt werden müssen.
- Im Unterschied zum Freiburger Ordoliberalismus (→ S. 82) zieht Friedman die **Deregulierung der Märkte** einer aktiven Wettbewerbspolitik mit einer Anti-Monopolpolitik vor (Monopol als temporäre Erscheinung, bei offenen Marktzutritt keine extremen Monopolrenten, besser privates als staatliches Monopol).
- Im Zentrum steht der **Glaube an die Effizienz der Märkte: Beschäftigungspolitik sei wirkungslos** (natural rate of unemployment); Arbeitslosigkeit als Folge von Marktstörungen (z.B. Arbeitslosenversicherung) und falschen (zu hohen) Reallohnvorstellungen.
- **Maßnahmen:** Senkung der Unternehmenssteuern, Deregulierung (z.B. Abbau des Kündigungsschutzes), Lohnzurückhaltung und Senkung der Lohnnebenkosten mit der Folge, dass Unternehmen wieder mehr investieren und die Arbeitslosigkeit sinkt.
- **Abgelehnt** wird eine **Korrektur der Ungleichheiten der Ausgangsbedingungen und des Ergebnisses**, obwohl Unterschiede in Status und Wohlstand nach Friedman nicht unbedingt leistungs-, sondern oft zufallsbedingt seien (Ausnahme: negative Einkommenssteuer).
- **Aufgaben des Staates:** Bereitstellung von Kollektivgütern, Bestimmung und Umsetzung des Geldmengenziels.

Kritik an Keynes und Friedman

- **Kritik an der Nachfragetheorie von Keynes**
  - Zwischen der Wahrnehmung der Rezession und der Umsetzung der Nachfragepolitik vergeht zu viel Zeit (**time lag**).
  - Sein Ansatz begünstigt den **Anstieg der Staatsverschuldung**, da Schulden aus wahltaktischen Gründen im Aufschwung nicht zurückbezahlt werden.
  - Der Kreditbedarf für staatliche Investitionen führt zu Kreditzinserhöhung → Staat verdrängt private Nachfrage nach Krediten → weniger Konsum bzw. Investitionen (**crowding out**).
  - Die Maßnahmen sind kein probates Mittel, um auf **strukturelle Veränderungen** in der Ökonomie zu reagieren.
  - **Globaler Standortwettbewerb** begünstigt die Angebotsorientierung. Nationale Nachfragesteigerung erzeugt Spill-over-Effekte (= Auswirkung von Aktivitäten auf andere Bereiche).
- **Kritik an der Angebotstheorie nach Friedman**
  - Gewinne werden von Unternehmen nicht automatisch investiert, sondern an Shareholder (=Aktionäre) ausgeschüttet oder für Rationalisierungsinvestitionen eingesetzt.
  - Die erhöhte Liquidität führt zur **Inflation**, wenn die Unternehmen nicht investieren, die Nachfrager sparen, statt zu konsumieren.
  - Begünstigt **soziale Verhärtung** durch Abbau sozialer Errungenschaften (z.B. Senkung der Bezugsdauer des Arbeitslosengeldes) sowie drohende **Umweltschäden** durch Deregulierung von Umweltschutzvorschriften.
  - Die Politik wirkt nur **langfristig** und kann keine schnellen Lösungen gegen kurzfristige Krisen wie z.B. Arbeitslosigkeit liefern; Keynes: „In the long run we're all dead."
  - Der Abbau der Staatsverschuldung führt nicht automatisch zu sinkender Arbeitslosigkeit.
  - **Kaufkrafttheorie** der **Löhne**: Nach der Lohnerhöhung wird die Konsumnachfrage zwar gesteigert, die Angebotsseite der Produzenten jedoch vernachlässigt.

Konjunktur (-zyklus)

- „Konjunktur" bezeichnet die regelmäßigen und unregelmäßigen Schwankungen der für die Gesamtwirtschaft wichtigen Größen wie Produktion, Beschäftigung und Preise. Die Messung erfolgt über **Konjunkturindikatoren**, die sich in **Frühindikatoren** (z. B. Geschäftsklimaindex, Auftragseingänge), **Präsensindikatoren** (z. B. Handelsbilanz, Produktionsindex) und **Spätindikatoren** (z. B. BIP, Preisindex) unterteilen lassen. Achtung: Die Auswahl, Erhebung, Gewichtung und Zuordnung der Indikatoren sind nicht allgemeingültig.

- **Konjunkturschwankungen** lassen sich unterteilen in
  - **saisonale:** kurzfristige Wirtschaftsschwankungen; in einigen Branchen jährlich wiederkehrend, z. B. in der Landwirtschaft, Textilindustrie, im Tourismus-Sektor (Abhängigkeit vom Wetter);
  - **konjunkturelle:** mittelfristige Wirtschaftsschwankungen; rhythmisch wiederkehrende Veränderungen; Zyklendauer 4 – 8 Jahre;
  - **strukturelle:** sog. Kondratjew-Zyklen, Zyklusdauer ca. 50 – 60 Jahre; ausgelöst durch tiefgreifende wirtschaftliche Veränderungen (z. B. technischer Fortschritt …) mit Konsequenzen für den Arbeitsmarkt.

- **Idealtypische Phasen** eines **Konjunkturzyklus**:
  - **Konjunkturaufschwung:** Zunahme der Auslastungsquote des Produktionspotentials;
  - **Boomphase:** Überschreitung der Normalauslastung, Produktionsengpässe, Kosten- und Preissteigerung;
  - **Konjunkturabschwung:** sinkende Kapazitätsauslastung;
  - **Rezession:** Unterauslastung der Kapazität durch eine sinkende Nachfrage; negative Entwicklung der Beschäftigung.

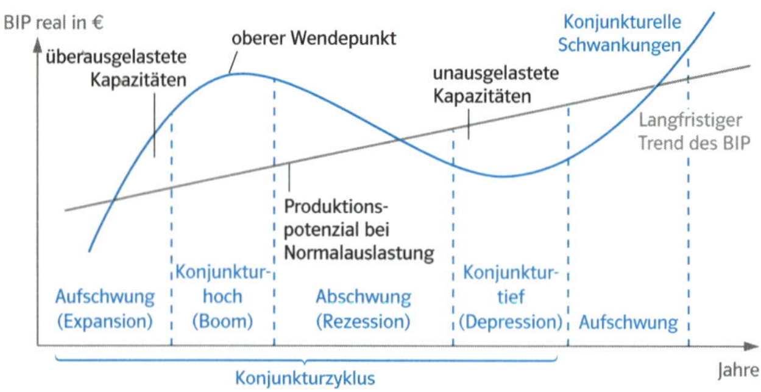

Standort Deutschland

- **Definition** (Wirtschafts-)Standort: Der Ort, an dem Unternehmen Güter produzieren und vertreiben. Im Zuge der Globalisierung wird der Begriff oftmals auf ganze Regionen bzw. Länder ausgedehnt. Für die Messung der Güte eines Wirtschaftsstandorts werden zahlreiche Kriterien (**Standortfaktoren**) herangezogen. Z. B. harte, d. h. messbare Faktoren: Wirtschaftsordnung, Umfang staatlicher Eingriffe, Stabilität des politischen Systems, Infrastruktur, technologischer Stand, Qualifikationsniveau der Erwerbstätigen, Gewerkschaften. Weiche Faktoren: Kultur- und Bildungsangebote.
- Der **Standort Deutschland in Zahlen:**
  - **Handelsbilanzüberschuss 2018:** 228 Mrd. € (Indikator einer sehr hohen Wettbewerbsfähigkeit),
  - **Leistungsbilanzüberschuss 2018:** 260 Mrd. € (inkl. Dienstleistungen und Einkommen aus Vermögensanlagen),
  - **Exportquote** der deutschen Industrie 2017: 50,1 % (2008: 45 %),
  - **Arbeitskosten 2018:** 35,00 € (zum Vergleich Bulgarien: 5,30 €),
  - **Wertschöpfungsanteil der Industrie 2017:** 23,1 % (in Frankreich 10 %, Großbritannien 9 %).
- **Chancen/Stärken:** bevölkerungsreichstes Land und wichtigster Markt in Europa; mittelständische (Familien-)Unternehmen mit hohem Weltmarktanteil (hidden champions); erfolgreiches duales Ausbildungssystem; industrielle Fertigung als stabilisierendes Element.
- **Schwächen/Risiken:** Spezialisierung auf Branchen, die von Überalterung und Herausforderungen der Digitalisierung bedroht sind (z. B. Auto-, Chemieindustrie). Außer SAP gibt es keinen Softwareanbieter von Weltrang. Rückfall in der Wettbewerbsfähigkeit durch Lohnsteigerungen und Steuererhöhungen; schwacher Inlandskonsum (Sparneigung der Deutschen); relativ kleiner Heimatmarkt. Nur zwei Konzerne unter den Top 100 Unternehmen der Welt (Börsenkapitalisierung). Aufgrund der Exportausrichtung (40 %) anfällig für Protektionismus. Mangel an Start-ups; Mängel in der Infrastruktur (Straßen-, Strom- und Kommunikationsnetze). Überalterung der Bevölkerung, Fachkräftemangel; Banksektor „overbanked".

Zahlungs- und Leistungsbilanz – Diskussion um Exportüberschüsse

- **Zahlungsbilanz:**
  - **Definition:** Erfassung aller wirtschaftlichen Austauschhandlungen eines Landes mit dem Ausland, die zu Ein- und Auszahlungen führen.
  - Die amtliche Statistik folgt den Richtlinien des „Balance of Payments Manual" des Internationalen Währungsfonds (IWF): Die Zahlungsbilanz wird **als System doppelter Buchungen** dargestellt; dabei werden reale Transaktionen (wie Warenströme) finanziellen Transaktionen gegenübergestellt.
  - **Die Zahlungsbilanz als Indikatorfunktion:** Sie gibt Auskunft über die Leistungsfähigkeit und Entwicklung der Wirtschaft eines Landes und dessen Verflechtungen mit dem Ausland als Schuldner, Gläubiger und Partner.
- **Leistungsbilanz:**
  - **Definition:** Erfassung aller Güterströme eines Landes wie die Handelsbilanz (Warenimporte und -exporte) und die Dienstleistungsbilanz (Leistungen aus Reiseverkehr, Transport usw.). Sie zeigt die Wettbewerbsfähigkeit einer Volkswirtschaft an, da sie darstellt, ob im Austausch mit dem Ausland ein Überschuss erwirtschaftet worden ist. Folgen von Importüberschüssen: Verbrauch von Devisenreserven oder Verschuldung; Folgen von Exportüberschüssen: importierte Inflation.
- **Internationale Kritik an Exportüberschüssen:**
  - Als Exportnation hat Deutschland traditionell einen Leistungsbilanzüberschuss. Es existiert der Vorwurf diverser Länder, dass Deutschland mit Überschüssen die Stabilität der Weltwirtschaft bedrohe; der deutsche Exportüberschuss gefährde Arbeitsplätze in anderen Ländern (beggar-thy-neighbour).
  - Kritik an Handelsungleichgewichten, insbesondere zwischen den USA und der EU, übt auch **US-Präsident Trump.** Er fordert Importzölle für Autos. Was kann dem entgegnet werden? Der Überschuss gegenüber den USA betrug 2018 50 Mrd. $. Werden jedoch Handel, Dienstleistungen und Primäreinkommen betrachtet (z. B. Gewinne des Google-Ablegers in Irland, die in die USA transferiert werden), dann ist die Leistungsbilanz zwischen den USA und der EU weitgehend ausgeglichen.

Einfacher und erweiterter Wirtschaftskreislauf

- Der **einfache Wirtschaftskreislauf** ist ein Modell, mit dem Tauschvorgänge in einer Marktwirtschaft anschaulich in einem Kreislaufschema dargestellt werden. Unternehmen produzieren Konsumgüter, die private Haushalte kaufen. Private Haushalte stellen den Unternehmen Faktorleistungen zur Verfügung (= Boden, Arbeit, Kapital).

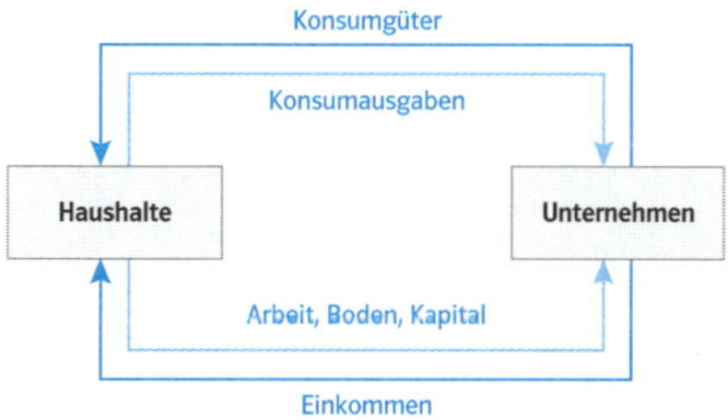

- Da die Haushalte in der Realität nicht ihr gesamtes Einkommen für Konsum ausgeben, sondern sparen, und nicht alle Güter verbraucht, sondern für Investitionszwecke genutzt werden, wird dieser Wirtschaftskreislauf erweitert um den Aspekt „Vermögensveränderungen" und den Akteur „Staat". Die Haushalte sparen einen Teil ihres Einkommens auf Konten bei Banken = Kapitalsammelstellen. Die Banken geben dieses Geld in Form von Krediten an Unternehmen, Unternehmen investieren in ihre Unternehmen. Die Haushalte zahlen direkte Steuern (z. B. Lohn-, KFZ-Steuern) an den Staat und erhalten Transferzahlungen (z. B. Kindergeld, Renten etc.). Die Unternehmen zahlen z. B. über die Mineralölsteuer indirekte Steuern, in Form von z. B. Subventionen fließen Transferzahlungen vom Staat an Unternehmen. Wird der erweiterte Wirtschaftskreislauf durch den Sektor Ausland erweitert, sprechen wir von einem **vollständigen Wirtschaftskreislauf**.

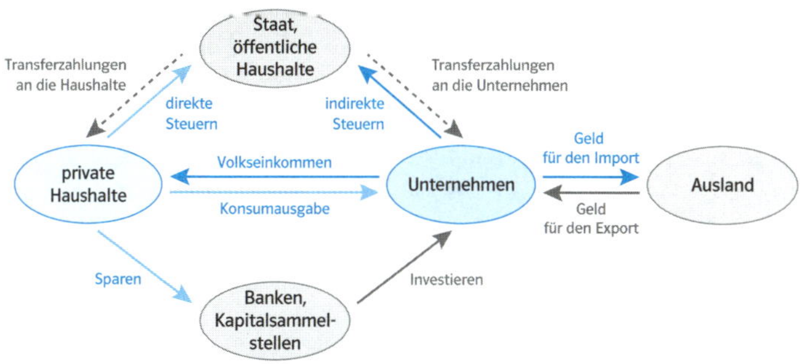

Rechtliche Vorgaben der deutschen Außenpolitik

- **Außenpolitik** beinhaltet alle Vorgänge, Inhalte und Institutionen des politischen Entscheidungs- und Willensbildungsprozesses, die das Ziel haben, auf die auswärtigen Beziehungen eines Staates, eines Staatenverbundes oder einer inter- oder supranationalen Organisation einzuwirken oder diese verbindlich zu regeln.
- **Rechtlicher Rahmen:**
  - Präambel des Grundgesetzes (GG): Deutschland will als „gleichberechtigtes Glied in einem vereinten Europa dem Frieden der Welt [...] dienen".
  - Es gelten die allgemeinen Regeln des Völkerrechts (Art. 25 Abs. 1 GG).
  - Auswärtige Angelegenheiten sowie die Verteidigung sind dem Bund zugeordnet (Art. 73 Abs. 1 GG).
  - Hoheitsrechte können auf zwischenstaatliche Einrichtungen übertragen werden (Art. 24 Abs. 1 GG) = Basis für multilaterale Einbettung Deutschlands in internationale Organisationen.
  - Der Bund kann sich einem System gegenseitiger kollektiver Sicherheit einordnen (Art. 24 Abs. 2 GG) = Voraussetzung für die Mitgliedschaft in UN und NATO.
  - Friedenswahrung und -förderung als wichtiger Grundsatz (Art. 26 Abs. 1 GG).
- **Bestimmungen im Grundgesetz zur Friedenswahrung:**
  - Präambel: Das deutsche Volk ist „von dem Willen beseelt, [...] dem Frieden der Welt zu dienen".
  - Art. 1 Abs. 2 GG: Menschenrechte sind die Grundlage des Friedens.
  - Art. 24 Abs. 2 GG: Einordnung des Bundes in ein System der kollektiven Sicherheit „zur Wahrung des Friedens" und um „eine friedliche und dauerhafte Ordnung in Europa und zwischen den Völkern der Welt" zu fördern.
  - Art. 26 Abs. 1 GG: Handlungen, „die geeignet sind und in der Absicht vorgenommen werden, das friedliche Zusammenleben der Völker zu stören, insbesondere die Führung eines Angriffskrieges vorzubereiten", sind verfassungswidrig und strafbar.

Einflussfaktoren auf die deutsche Außenpolitik

- Die deutsche Außenpolitik wird von vielen Faktoren beeinflusst, z. B.:
- **Verfassungsrechtliche Vorgaben des Grundgesetzes** wie die Wahrung des Friedens, das Verbot, einen Angriffskrieg zu führen (→ S. 20).
- **Geografische Lage:** Als bevölkerungsreichstes europäisches Land in der Mitte Europas gewinnt Deutschland nach der Wiedervereinigung an Bedeutung.
- **Wirtschaftliche Faktoren:**
  - **Handelsmacht:** „Wandel durch Handel" = Ausbau der wirtschaftlichen Kooperationen, Integration in den Weltmarkt;
  - **Exportabhängigkeit** der hoch entwickelten Industriegesellschaft (Deutschland als „Exportweltmeister"), Sicherung der Handelsfreiheit;
  - **Ressourcenabhängigkeit:** Deutschland ist aufgrund mangelnder eigener Ressourcen von denen des Auslands abhängig.
- **Sicherheitspolitische Faktoren:**
  - **Sicherung einer stabilen Demokratie** mit Beteiligungschancen gesellschaftlicher Akteure auch an außenpolitischen Entscheidungen; keine Atommacht.
  - Einbindung in die **europäische Integration.** Einbindung in das **transatlantische Sicherheitssystem,** Anerkennung der **USA als Führungsmacht.**
- **Historisch bedingte Faktoren:**
  - Aufgrund des **Holocausts** hat Deutschland besondere Verpflichtungen gegenüber **Israel** und pflegt Sonderbeziehungen zu Israel.
  - Deutschland versteht sich als **Zivilmacht:** Strategische Kultur der Zurückhaltung in militärischen Fragen; Militäreinsätze nur im Rahmen internationaler Organisationen; Primat der Diplomatie und Verhandlungslösung.

Instrumente deutscher Außenpolitik

- Unter **Instrumenten** versteht man jene **Mittel**, die ein Staat einsetzt, um seine **Interessen** gegenüber seiner Außenwelt **durchzusetzen.** Die Bundesrepublik Deutschland setzt v.a. diese Mittel ein:
- **Diplomatie:** wichtigstes Instrument und Kern des außenpolitischen Handelns.
  - Deutschland hält **diplomatische Beziehungen** zu 195 **Botschaften** in 153 Ländern.
  - **Außerdem ständige Vertretungen** in zwölf internationalen Organisationen wie der EU und NATO in Brüssel, OECD (Organization for Economic Cooperation and Development), UNESCO in Paris, Europarat in Straßburg.
  - **Ziel:** Vertretung und Wahrung deutscher Interessen im Ausland sowie Förderung der wirtschaftlichen, politischen, kulturellen und wissenschaftlichen Zusammenarbeit.
- **Abschluss von internationalen Verträgen, Bündnissen** und sich daraus ergebenen Bündnisverpflichtungen, z. B.:
  - z. B. EU, NATO (Bündnisfall nach Art. 5 des NATO-Vertrags nach dem 11.09.2001; Teilnahme Deutschlands an der Seite der USA im „war on terror“ in Afghanistan), OSZE (→ S. 115), UN (→ S. 119).
- **Mitgliedschaft in internationalen Institutionen**, z. B. Internationaler Gerichtshof in Den Haag, Europarat, OECD, WTO (World Trade Organization → S. 137).
- **Wirtschaftspolitische Mittel:** z. B. Sanktionen, Handels- und Exportbeschränkungen; Embargos, Ein- und Ausfuhrkontrollen.
- **Militärische Mittel:** Auslandseinsatz der Bundeswehr nur im multilateralen Handlungsrahmen, kein nationaler deutscher Alleingang im internationalen Krisenmanagement.

Außenpolitische Konzepte nach 1990: Rolle Deutschlands

- Nach der Phase der „Westbindung" (1949 – 1955), den „Ostverträgen" (1969 – 1972) und der „Nachrüstungsdebatte" (1977 – 1983) trat die BRD durch die Wiedervereinigung in eine **neue Phase der Außenpolitik**, in der sie ihre Ziele unabhängig von den Zwängen des Ost-West-Konflikts bestimmen kann. Es gab **unterschiedliche Erwartungen**, wie diese neue Phase ausgestaltet werden sollten:
- Erwartung 1: Deutschland soll die Rolle einer **„Zivilmacht"** einnehmen.
  - Eine **Zivilmacht** bezeichnet nach Hanns W. Maull (2006) einen Staat, dessen außenpolitische Grundorientierung darauf abzielt, die Politik insgesamt und vor allem die internationalen Beziehungen zu zivilisieren, und entsprechend handelt (→ S. 103, 108).
  - **Befürworter einer zivilisierenden Außenpolitik** führen an, dass die Umbrüche 1989/90 komplexe Interdependenzen zwischen Staaten und Gesellschaften hervorgebracht haben. Dies bewirkte, dass militärische Macht entwertet und gesellschaftliche Akteure aufgewertet wurden.
  - Folglich solle Deutschland seinen Beitrag zu einem **zivilisierenden internationalen Konfliktmanagement** leisten und als Zivilmacht dafür sorgen, dass die UN institutionell gestärkt wird und das Monopol der Gewaltlegitimation besitzt. Ferner gilt es, individuelle und kollektive Freiheitsrechte zu schützen, dafür zu sorgen, dass sich die Demokratie als Staatsform ausbreitet, dass sozioökonomische Ungleichheiten abgebaut und deutsche Entwicklungshilfeleistungen aufgestockt werden.
- Erwartung 2: Deutschland soll eine **machtbewusste Außenpolitik** führen.
  - Das Ende des Kalten Krieges führte zu folgenden Veränderungen: Änderung der Machtverteilung von der Bi- zur Multipolarität; Prozess der Renationalisierung in Europa; Krieg als Mittel der Politik in Europa wieder wahrscheinlicher.
  - Seine Lage in der Mitte Europas macht Deutschland verwundbar, aber auch zu einem besonders wichtigen Akteur in Europa. Deutschland solle sich seiner Lage bewusst sein und anstelle einer „machtvergessenen" eine machtvolle, selbstbewusste Außenpolitik führen – wie andere europäische Staaten.

Außenpolitische Konzepte nach 1990: Werte-/Interessenswandel, veränderte transatlantische Beziehungen

- **Werte und Interessen** mussten nach 1990 neu austariert werden. Es vollzog sich ein Wandel von bisher traditionellen, wertebasierten Partnerschaften hin zu einem interessenbasierten Engagement Deutschlands in wechselnden Koalitionen und Netzwerken.
  - Dies führte u.a. zu einer Aufwertung strategischer Beziehungen zu Ländern wie China zu Lasten wertebezogener Partnerschaften wie den USA, Frankreich oder Israel.
  - Es bedeutet aber auch ein Festhalten an der eigenen Überzeugung, z.B. an der Maxime der Preisstabilität (Austeritätspolitik) während der Eurokrise, auch wenn dies auf einen breiten europäischen Widerstand stieß, u.a. von Frankreich.
- **Differenzen im transatlantischen Verhältnis:** Ein vertrauensvolles Verhältnis zu den USA war bis zu Beginn des 21. Jahrhunderts ein Garant für die europäische Sicherheit und den Zusammenhalt innerhalb der NATO. Nach 1990 kam es zu diversen **Belastungen der transatlantischen Beziehungen**, z.B. aufgrund
  - des Irak-Kriegs 2003: Nichtteilnahme der BRD an der Seite der USA unter der Regierung Schröder (SPD),
  - des amerikanischen Gefangenlagers Guantánamo auf Kuba,
  - der Snowden- und NSA-Affäre (Abhören des Mobiltelefons von Kanzlerin Merkel),
  - den Unstimmigkeiten bei den Verhandlungen über TTIP (Transatlantic Trade and Investment Partnership), das Aussetzens der Verhandlungen, die Einsetzung von Schutzzöllen und somit die Beendigung des Freihandels durch Präsident Donald Trump;
  - die Enthaltung bei der Resolution im UN-Sicherheitsrat (2011) zugunsten einer Militärintervention in Libyen.
- **Abnehmende Bedeutung von Werten** wie Demokratie, Achtung der Menschenrechte, Rechtsstaatlichkeit **als primäre Legitimationsgrundlage für internationale Koalitionen.** Insbesondere gegenüber mächtigen, energieliefernden Staaten wie Russland sind Wertkonflikte weniger entscheidend als gegenüber autokratischen Ländern wie z.B. Weißrussland.

Außenpolitische Konzepte nach 1990 gemäß des Weißbuchs von 2016

- In den „Weißbüchern" legt die Bundesregierung die sicherheitspolitische Lage der BRD dar und formuliert Leitlinien für sicherheitspolitische Entscheidungen und Handlungen der BRD.
- Das aktuelle „**Weißbuch**" von 2016 sieht Deutschland als „**aktive Gestaltungsmacht**", die in **Europa „als zentraler Akteur wahrgenommen wird"**. Die Bundesregierung möchte „Verantwortung leben und Führung" übernehmen. Im Weißbuch von 2006 sprach die Regierung lediglich von einer „wichtigen Rolle [Deutschlands] für die Gestaltung Europas und darüber hinaus". Der Anspruch zeigt das **gewachsene Selbstverständnis** Deutschlands und hebt es von den Vorwürfen der „Machtvergessenheit" und der „Angst vor der Macht" der 1980/90er-Jahre ab.
- 2014 antwortete Bundespräsident Gauck anlässlich der Münchener Sicherheitskonferenz auf die Frage nach Deutschlands Rolle und Verantwortung in der Außen- und Sicherheitspolitik, „die Bundesrepublik sollte sich als guter Partner früher, entschiedener und substanzieller einbringen." Diese Antwort Gaucks relativiert das „Weißbuch" von 2016 formuliert stattdessen, Deutschland sei bereit, sich „früh, entschieden und substanziell als Impulsgeber in die internationale Debatte einzubringen, Verantwortung zu leben und Führung zu übernehmen".
- Während der Begriff „**Gestaltungsmacht**" für die Rolle Deutschlands im positiven Sinne Verwendung findet, greifen andere auf den Begriff „**Hegemon**" zurück, wie z. B. der Philosoph Jürgen Habermas, verbunden mit Befürchtungen, Deutschland könne wieder zu einer halbhegemonialen Stellung erstarken, die letztlich zu zwei Weltkriegen geführt habe. Das Verhalten Deutschlands in der **Griechenland-Krise 2015** wird von Vertretern der Hegemonialmacht- und Gestaltungsmacht-These entsprechend unterschiedlich gedeutet: Deutschland gelingt es in der Griechenland-Krise 2015 in langwierigen Verhandlungen, eine Koalition um das dritte Rettungspaket für Griechenland zu schmieden, das das Land faktisch isoliert ↔ Deutschland versucht als Vermittler alles, um einen Kompromiss zu finden.

Deutschland als Zivilmacht

- Eine Zivilmacht ist nach Hanns W. Maull und Knut Kirste (1997) ein Staat „dessen außenpolitisches Rollenkonzept und Rollenverhalten gebunden sind an Zielsetzungen, Werte, Prinzipien sowie Formen der Einflussnahme und Instrumente der Machtausübung, die einer Zivilisierung der internationalen Beziehungen dienen".

- Kirste (1998) beschreibt die Zivilisierung internationaler Beziehungen mit folgenden Zielsetzungen:
  - **Gestaltungswille:** Bereitschaft und Fähigkeit, internationale Beziehungen durch die Initiierung multilateralen Handelns zu zivilisieren.
  - **Autonomieverzicht:** Bereitschaft, durch den Transfer von Souveränität an internationalen Institutionen als Unterstützer kollektiver Sicherheitsarrangements aufzutreten.
  - **Interessensunabhängige Normdurchsetzung:** Bereitschaft zur Realisierung einer zivilisierten internationalen Ordnung, auch wenn dies gegen kurzfristige „nationale Interessen" verstößt.

- **Deutschland – eine Zivilmacht?**
  - Seit 1990 lässt sich eine Veränderungen bei der Mittelwahl in der Außenpolitik ausmachen: Es kommt zu mehr Auslandseinsätzen der Bundeswehr. Gleichzeitig ist die BRD kontinuierlich in multilaterale Organisationen eingebunden. Sie überträgt gemäß der verfassungsrechtlichen Vorgaben des Grundgesetzes (→ S. 20) Souveränität auf diese Organisationen, z.B. Integration u.a. in UN, EU, NATO, WTO, und setzt sich für die europäische Integration ein.
  - Die BRD betreibt folglich nach wie vor die Außenpolitik einer Zivilmacht, die sich an internationalen Kooperationen und Multilateralismus orientiert. Einer Europapolitik, die als pro-aktiv bezeichnet werden kann, steht ein eher re-aktiver Politikstil im Hinblick auf Auslandseinsätze der Bundeswehr gegenüber.

- Weitere Rollenzuschreibungen: Deutschland als **Handelsstaat** mit dem primären Ziel der wirtschaftlichen Entwicklung und Wohlfahrtsmaximierung. Strategie: Verzicht auf Autarkie und Autonomie aufgrund der internationalen Arbeitsteilung. Instrumente: präventive Diplomatie, ökonomische Instrumente und Verzicht auf militärische Instrumente (Kosten-Nutzen-Abwägung).

Die Bundeswehr

- Seit 1955 hat die BRD im Zuge des Beitritts zur NATO wieder eigene Streitkräfte. Die Bundeswehr ist laut Grundgesetz eine **Verteidigungsarmee.**
  - Sie ist Teil der Exekutive und unterliegt ziviler Führung. In Friedenszeiten hat der Bundesminister der Verteidigung die Befehls- und Kommandogewalt (Art. 65a GG), im Verteidigungsfall der Bundeskanzler (Art. 115b GG).
  - **Parlamentsvorbehalt:** „Entscheidungen über Krieg und Frieden" sind Sache des Bundestages, der über bewaffnete Einsätze der Bundeswehr entscheidet.
  - Sie darf nur im Falle eines Notstandes im Inneren eingesetzt werden, z. B. bei Naturkatastrophen (Art. 35 GG).
  - Bis 2011 war sie eine **Wehrpflichtigenarmee**; danach Wandel zur **Berufsarmee** mir verringerter Truppenstärke.

- Bis 1989 war die Hauptaufgabe der Bundeswehr im Rahmen der NATO auf die Abschreckung und gegebenenfalls Abwehr der Warschauer-Pakt-Staaten festgelegt. Auslandseinsätze der Bundeswehr waren undenkbar. Mit dem Ende des Ost-West-Konflikts veränderte sich die Strategie der Bundeswehr.

- 1994: Urteil des BVerfG, das **Bundeswehreinsätze im Ausland** im **Rahmen** von **Systemen kollektiver Sicherheit** (z. B. UN) und kollektiver Verteidigung (NATO) gestattet. Die Bedingung dafür ist, dass die Einsätze das Ziel der Friedenswahrung haben. Über den Einsatz der Bundeswehr entscheidet neben der Bundesregierung der Bundestag mit einfacher Mehrheit.

- Zu Beginn des 21. Jahrhunderts wurde der Auftrag der Bundeswehr der veränderten sicherheitspolitischen Lage angepasst. An erster Stelle steht nicht mehr die **Landesverteidigung**, gefordert ist stattdessen eine **mobile Interventionsarmee**. So engagiert sich die Bundeswehr z. B. in Afghanistan (seit 2001, seit 2014 als Ausbildungs- und Beratungseinsatz), Mali, Irak (seit 2015), Somalia (seit 2009).

Internationale Politik – Begriffsklärungen

- Der Begriff **internationale Beziehungen** umfasst alle grenzüberschreitenden Handlungen und Interaktionen, unabhängig von der Art der beteiligten Akteure, z. B. Nationalstaaten, NGOs, Individuen, internationale Organisationen.
- Internationale Beziehungen führen zur Herausbildung von **dauerhaften Strukturen und Prozessen.** Beispiele für Strukturen: die Olympischen Spiele alle vier Jahre; regelmäßige Treffen zwischen Staaten, Organisationen wie der EU, UN, NATO, dem Internationalen Roten Kreuz; Beispiele für **Prozesse** sind Diplomatie, Konflikt- und Kooperationsmuster. All diese dauerhaften Strukturen und Prozesse werden als **internationales System** bezeichnet.
- **Internationale Politik** ist der Teilbereich der Politikwissenschaft, der sich mit internationalen Beziehungen und internationalen Systemen, mit Außen-, Sicherheits- und Friedenspolitik beschäftigt.
- **Bilaterale Beziehungen** heißen grenzüberschreitende Aktivitäten, an denen lediglich zwei Staaten beteiligt sind. Sind mehrere Staaten beteiligt, spricht man von **multilateralen Beziehungen.** Ist mindestens einer der Akteure nicht staatlich, handelt es sich um **transnationale Beziehungen.**
- **Akteure der internationalen Beziehungen:**
  - **Nationalstaaten:** 195 Staaten;
  - **internationale Organisationen:** staatliche Organisationen (IGOS) wie WTO, NATO, UN; nichtstaatliche Organisationen (NGOS) wie Greenpeace;
  - **internationale Regime:** kooperative Institutionen zwischen Staaten auf der Basis formeller oder informeller Normen, Verträge, Strukturen etc., z. B. Wechselkursregime, GATT, Abrüstungs- und Rüstungskontrollregime;
  - **transnationale Unternehmen:** sogenannte Global Player.
- Im Gegensatz zu **transnationalen Organisationen** (z. B. WTO) können **supranationale Organisationen** auch gegen den Willen der Mitglieder bindende Beschlüsse fassen (z. B. EU).

Die Denkschule des Realismus

- Auf internationaler Ebene findet Politik unter den Bedingungen von **Anarchie** und **Selbsthilfe** statt. Im Gegensatz zur innerstaatlichen Ebene gibt es kein allgemein anerkanntes **Herrschafts- und Gewaltmonopol.**
- In der Politikwissenschaft haben sich **unterschiedliche Denkschulen** herausgebildet, um die Beziehungen zwischen den Staaten unter diesen Bedingungen berechenbarer zu machen: die **realistische, institutionalistische** und **liberale** Denkschule.
- **Annahmen des Realismus** (Vordenker: Thomas Hobbes, 1588–1679):
  - Hobbes' pessimistisches Menschenbild „Homo homini lupus est“ = Der Mensch ist dem Menschen ein Wolf (→ Krieg aller gegen alle) wird auf die Staatenwelt übertragen: Staaten handeln egoistisch, zweckrational.
  - Die Anarchie führt zu einem ständigen Gefühl der Unsicherheit und dem Streben nach Macht und Herrschaft. Die Staaten können sich nur auf sich selbst verlassen. Um die eigene Sicherheit zu erhöhen, müssen sie ihre Macht erhalten oder erweitern.
  - Erweitert ein Staat seine Macht, führt dies bei anderen Staaten zu einem Gefühl der Bedrohung mit der Folge, dass diese ebenfalls nach Machterweiterung (Wettrüsten, Kriege, Krisen) streben → **Sicherheitsdilemma, Aktion-Reaktions-Prozess.** Beim Streben nach Sicherheit vertrauen die Staaten vor allem auf das Militär.
  - Frieden und Kooperation werden durch eine hohe Machtkonzentration begünstigt. Allerdings gelingt es keinem Staat dauerhaft, die Vormachtstellung (= Hegemoniestellung) innezuhaben.
  - Kooperationen werden nur dann eingegangen, wenn sie den eigenen (Macht-)Interessen entsprechen.
- **Kernhypothese:** Je höher die Machtkonzentration im internationalen System ist und je stärker in die Defensive und nicht in die Offensive investiert wird, desto höher ist die Wahrscheinlichkeit für Frieden.

Die institutionelle und liberale Denkschule

- **Institutionalismus** (Vordenker: Hugo Grotius, 1583–1645, „Vater des Völkerrechts“)
  - Staaten sind zur Kooperation bereit, wenn sie erkennen, dass alleiniges Handeln zu schlechteren Ergebnissen führt.
  - So führt das Wettrüsten neben hohen Kosten zu mehr Unsicherheit statt zu mehr Sicherheit → **Sicherheitsdilemma**.
  - Auch ohne eine Hegemonialmacht kann bei einer hohen Interdependenz, d. h. wechselseitigen Abhängigkeit, und mit der Hilfe von Institutionen ein Mehr an Sicherheit entstehen.
  - Kooperationen sind unabhängig von der inneren Verfasstheit der Staaten möglich (z. B. Kooperation von Demokratien mit Diktaturen).
  - Kooperationen erfolgen allerdings nur, wenn sie als gewinnversprechend angesehen werden. Ihnen selbst wird kein Wert zugewiesen.
  - **Kernhypothese:** Je stärker die Abhängigkeiten zwischen den Staaten institutionalisiert sind, desto höher ist die Wahrscheinlichkeit für Frieden und Kooperation.

- **Liberalismus** (Vordenker: Immanuel Kant, 1724–1804)
  - Der Liberalismus geht von einem starken Zusammenhang zwischen der inneren Verfasstheit von Staaten und ihrer Außenpolitik aus. Die Achtung von Menschenrechten, das Austragen von Konflikten nach rechtsstaatlichen Regeln und die Partizipation der Bürger im Inneren fördert die Bereitschaft nach außen, Kompromisse einzugehen.
  - Folglich geht der Liberalismus davon aus, dass liberaldemokratische Staaten untereinander eher auf Kooperation als auf (kriegerische) Konfrontation setzen.
  - Da sich freie, demokratisch regierte Staaten eher gegenseitig vertrauen, sind sie eher bereit, Kooperationen einzugehen.
  - **Kernhypothese:** Je höher die Anzahl an liberaldemokratischen Staaten, desto höher ist die Wahrscheinlichkeit für Frieden und internationale Kooperation.

Weltordnungsmodelle

- **Anarchie:** Die Staaten misstrauen sich gegenseitig; keinem gelingt es, die Vormachtstellung zu erlangen (**Hegemonialmacht**). Es herrscht ein **Sicherheitsdilemma**: Da sich die Staaten misstrauen, rüsten sie auf. Das Aufrüsten eines Staates führt erneut zu Misstrauen bei anderen Staaten, die ihrerseits ebenfalls aufrüsten (**Rüstungswettlauf**).

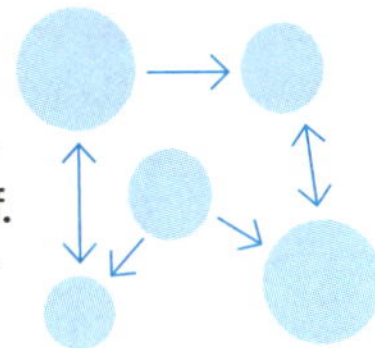

- **Hegemoniale Ordnung:** Militärische Stärke und wirtschaftliche Macht sorgen dafür, dass ein Staat als Hegemonialmacht herrscht und sich andere Staaten diesem Staat unterordnen. Vorteil für die Staaten: Die **Hegemonialmacht** sorgt für **Sicherheit, Stabilität** und **Frieden**; sie können von den wirtschaftlichen Strukturen des Hegemons profitieren.

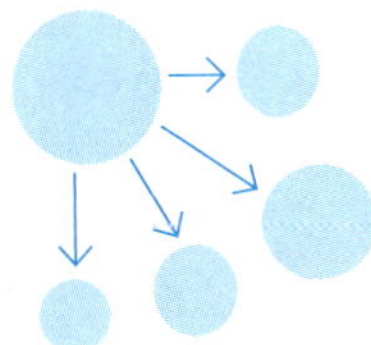

- **Imperialistische Ordnung:** Ein Staat strebt die Herrschaft an. Er will möglichst große Teile der Welt erobern, sie beherrschen und mit wirtschaftlich, politisch und kulturellen Mitteln abhängig machen.

- **Global Governance:** Ein internationaler Rahmen von Institutionen, bi- und multilateralen Verträgen und Gesetzen sorgt für das friedliche Zusammenleben der Staaten. Die Weiterentwicklung wäre eine Weltregierung: Die Staaten übertragen ihre Souveränität einem überstaatlichen Gewaltmonopol, das Entscheidungen mithilfe eigener Streitkräfte bzw. Polizei durchsetzen kann.

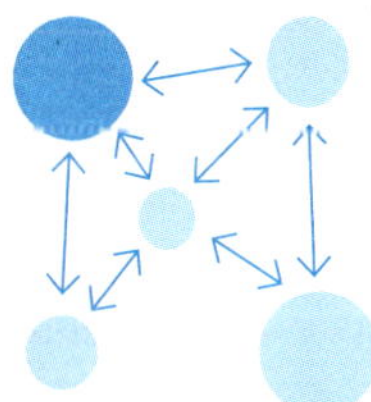

- **Multilateralismus** bedeutet die Koordination nationaler Politik zwischen **mindestens drei Staaten** (von lat.: „multi“ = viele; „latus“ = Seite). Multilateralismus steht im Gegensatz zu **Bilateralismus** (zwei Staaten) und Unilateralismus (unkoordinierte Politik lediglich eines Staates).

North Atlantic Treaty Organization (NATO)

- Die NATO ist **Verteidigungsbündnis** und **Wertegemeinschaft** (Grundsätze der Demokratie). Sie wurde 1949 im Zuge des sich verschärfenden Ost-West-Konflikts durch zehn westeuropäische Staaten, die USA und Kanada gegründet. Anlass: Furcht vor Stalin und dem Weltkommunismus, Gefahr der Sowjetisierung: „to keep the Russians out, the Americans in, and the Germans down" (Hastings Ismay, erster NATO-Generalsekretär von 1952 – 57). Die BRD ist seit 1955 Mitglied.

- Die Vertragspartner verpflichten sich, im Falle eines bewaffneten Angriffs auf einen oder mehrere Mitgliedsstaaten Maßnahmen zu treffen, „um die Sicherheit des nordatlantischen Gebietes wiederherzustellen und aufrechtzuerhalten" (Art. 5 NATO-Vertrag). Dieser Bündnisfall nach Art. 5 wurde zum ersten und bisher einzigen Mal nach dem Anschlag auf das World Trade Center am 11.9.2001 ausgerufen.

- Nach dem Ende des Kalten Krieges und der Auflösung des Warschauer Paktes benötigte die NATO eine neue Daseinsberechtigung („Out of area or out of order").
  - **Strategiewechsel nach 1991:** Die NATO entwickelt sich von einem klassischen Bündnissystem hin zur Krisenbewältigung **außerhalb des NATO-Gebietes**, z. B. Nato-Einsatz beim Zerfall Jugoslawiens (Kosovokrieg).
  - 1997 **NATO-Osterweiterung** um Polen, Tschechien und Ungarn.
  - Strategiewechsel nach dem 11.09.2001: Die bisher territorial gebundene Bedrohung im Ost-West-Konflikt wandelt sich in eine globale und meist nicht-staatliche Aggression.
  - 2002: **Zweite Osterweiterung:** Aufnahme der baltischen Staaten, die NATO grenzt nun an die russische Grenze.

- **Konfliktfelder der NATO:**
  - 2014 beschlossen die Mitgliedsstaaten, die Militärausgaben innerhalb von zehn Jahren auf 2 % des BIP zu steigern. Die USA drängen auf die Erreichung des Ziels, Deutschland 2019: 1,35 %.
  - Auseinandersetzungen mit Russland nach der Maidan-Revolution in der Ukraine und den russischen Militärinterventionen auf der Krim und der Ostukraine 2014.

Organisation für Sicherheit und Zusammenarbeit in Europa (OSZE)

- Die OSZE ist die weltgrößte regionale Sicherheitsorganisation mit 57 Teilnehmerstaaten aus Nordamerika, Europa und Asien. Sie trat erstmals 1973 im Rahmen der Ost-West-Entspannungen unter dem Namen „**Konferenz über Sicherheit und Zusammenarbeit**" (KSZE) in **Helsinki** zusammen.

- 1975 unterzeichneten 33 Staaten die Schlussakte von Helsinki mit zehn Grundprinzipien (sogenannter Dialog) über den Umgang der Staaten miteinander sowie mit ihren Bürgern. Dazu gehören die Achtung der Menschenrechte und Grundfreiheiten, der Verzicht auf Gewaltandrohung oder -anwendung sowie das Bekenntnis zum Selbstbestimmungsrecht der Völker.

- Nach dem Ende der Ost-West-Konfrontation entwickelte sich das bis 1990 konferenzdiplomatische Gesprächsforum, das weder Völkerrechtsstatus noch feste Institutionen hatte, zu einer internationalen Organisation mit festen Institutionen (z. B. Ständiger Rat in Wien etc.) und einem Bekenntnis zu Rechtsstaatlichkeit, Demokratie und Marktwirtschaft. 1994 folgte die Umbenennung in **OSZE**.

- Die OSZE ist ein Forum für politischen Dialog zu zahlreichen Themen rund um Fragen der Sicherheit und eine Plattform für gemeinsames Handeln. Ziel: Die Lebensbedingungen der Menschen und Gemeinschaften zu verbessern. Folgende Aufgaben lassen sich bündeln:
  - **Politisch-militärische:** z. B. Abrüstung und Rüstungskontrollen, Konfliktprävention, Terrorismusbekämpfung;
  - **Wirtschaft und Umwelt:** z. B. Analyse von Umweltfolgen von Konflikten, Unterstützung unternehmerischer Initiativen;
  - **Menschen:** z. B. Förderung von Demokratie und Rechtsstaatlichkeit, Schutz von Menschenrechten, Wahlbeobachtung, Förderung der Medienfreiheit, Bekämpfung von Menschenhandel.

- **Kritik:** Sie hat eine Fülle an Aufgaben und somit ein unscharfes Profil. Es besteht eine Konkurrenz zu anderen Akteuren wie EU und NATO. Ihre Öffentlichkeitswirkung ist gering. Die Einstimmigkeitsregeln bei Beschlüssen lähmt die Beschlussfassung.

„Neue Kriege“

- In der Vergangenheit waren zwischenstaatlichen Kriege die Regel. Politikwissenschaftler bezeichnen die Kriege des 20. und 21. Jahrhunderts als „Neue Kriege“, da sich die Kriegsführung massiv verändert hat:
  - Sie finden im Unterschied zum Staatenkrieg (z. B. Erster und Zweiter Weltkrieg) nicht mehr zwischen Staaten, sondern zwischen **supra- und substaatlichen Akteuren** statt (z. B. Warlords, Guerillas).
  - **Asymmetrie:** Die Kriegsgegner unterscheiden sich hinsichtlich ihrer Größe, Strategie und Zielsetzung sowie der militärischen oder finanziellen Ausstattung. Beispiel: „War on Terror“ nach den Terroranschlägen des 11.9.2001, Kampf der USA samt Verbündete gegen Al Quaid.
  - **Privatisierung des Krieges:** Die Kriegsparteien profitieren von den Gewinnen, halten sich aus der Beseitigung der Kriegsschäden (z. B. Aufbau der Infrastruktur) heraus. Hierfür zahlt die Zivilbevölkerung.
  - Sie enden **selten** durch einen **militärischen Sieg einer Seite**, sondern durch Verhandlungen oder ein Abebben der Gewalt, bis ein neuer „Krieg“ beginnt.
  - Im Zentrum steht meist der Kampf um **Legitimität, Loyalität** und die **politische Verankerung im Staat**.

	alte Staatenkriege	alte Bürgerkriege	Neue Kriege
Akteure	Staaten	Staaten gegen Opponenten	Kriegsbanden
Beziehungsfeld	zwischenstaatlich	innerstaatlich	transnational
Ziele	territorial	ideologisch, national	ethnisch, religiös, kommerziell
Opfer	Kombattanten	Kombattanten und Zivilbevölkerung	Zivilbevölkerung
Kriegsführung	symmetrisch	symmetrisch oder asymmetrisch	asymmetrisch
Regulierung	ja (diplomatisch und völkerrechtlich)	nein	nein (brutalisiert, kriminell)
Zeitstruktur	Trennung von (kurzen) Kriegszeiten und längeren Friedenszeiten		Verstetigung des Krieges

Kriegsfomen und ihre Charakteristika (aus: Frank Schimmelpfenning: Internationale Politik, 5. aktualisierte Auflage, Verlag Ferdinand Schöningh 2017, S. 196.)

Das zivilisatorische Hexagon

- Für „**Frieden**" gibt es viele Definitionen. Allgemein verbreitet ist:
  - **negativer Friede:** Nicht-Krieg, Abwesenheit organisierter, militärischer Gewalt;
  - **positiver Friede:** Abwesenheit physischer und struktureller Gewalt wie Diskriminierungen oder Gewalt, die vom politischen und gesellschaftlichen System ausgeht; Verwirklichung sozialer Gerechtigkeit;
  - **(in)stabiler Friede:** die Möglichkeit des Einsatzes von Kampfverbänden ist (nicht) ausgeschlossen.
- Für **Dieter Senghaas** (*1940) ist Frieden – mit Blick auf Europa – die „Zivilisierung politischer Kollektive". Er entwickelte ein Modell, bei dem alle Aspekte für einen innerstaatlichen Frieden zu berücksichtigen sind:
  - **staatliches Gewaltmonopol:** Entlegitimisierung von Gewalt einzelner Bürger; Legitimation nur beim Staat;
  - **Interdependenz- und Affektkontrolle:** Wissen um die gegenseitige Abhängigkeit; Fördern von Toleranz und Kompromissbereitschaft;
  - **Rechtsstaatlichkeit:** Beschränkung der Staatsgewalt durch Prinzipien wie Gewaltenteilung;
  - **demokratische Partizipation:** Beteiligung der Bürger am politischen Willensbildungsprozess bspw. durch Wahlen;
  - **soziale Gerechtigkeit:** gerechte Verteilung von Rechten und Chancen in der Gesellschaft als Voraussetzung für eine konstruktive Konfliktkultur;
  - **Konfliktkultur:** Bereitschaft zur gewaltfreien und konstruktiven Konfliktlösung.

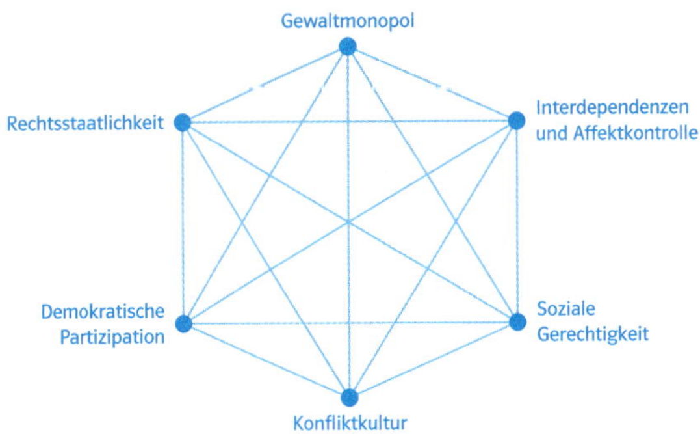

Das zivilisatorische Hexagon

Das Völkerrecht

- Unter Völkerrecht versteht man die Gesamtheit aller Rechtsnormen, die internationale Beziehungen regeln. Die wichtigste Rechtsquelle des Völkerrechts ist die **Charta der Vereinten Nationen**.
  - Das Völkerrecht gründet auf Verträgen oder **Gewohnheitsrecht**, d.h. ungeschriebenem Recht, das aufgrund dauerhafter Anwendung als Recht empfunden wird. Es regelt die Rechte und Pflichten von Völkerrechtssubjekten, z.B. souveränen Staaten und internationalen Organisationen, in Kriegs- wie in Friedenszeiten. Wegen der fehlenden Legislative und Exekutive ist seine Durchsetzbarkeit oft begrenzt.
- Im modernen Völkerrecht wird unterschieden zwischen
  - dem **universalen Völkerrecht**, das für alle Staaten gilt (Kriegs-, Gesandtschafts- und Vertragsrecht),
  - dem für die meisten Staaten geltenden **allgemeinen Völkerrecht** (z.B. der Haager Landkriegsordnung) und
  - dem **partikularen** und **regionalen Völkerrecht**, das nur für einen engeren Kreis gilt (z.B. Gesamtheit der Rechtsnormen zur Regelung von Angelegenheiten innerhalb der EU).
- Das Völkerrecht regelt die zwischenstaatliche Diplomatie, das Vertragsrecht, die Streitschlichtung und Gerichtsbarkeit. Es beinhaltet die Abgrenzung von Staatsgebieten; Rechtsverhältnisse für Wasser und Luft, Aspekte zur Auflösung und Entstehung von Staaten sowie das Verbot eines Angriffskrieges.
- Das **Verhältnis** zwischen **Staats- und Völkerrecht** ist umstritten.
  - **Monistische Theorie:** Das Völkerrecht umfasst das Staatsrecht, ist höherrangig.
  - **Dualistische Theorie:** Völkerrecht und Staatsrecht stehen nebeneinander. Soll das Völkerrecht auf innerstaatliche Angelegenheiten Anwendung finden, muss es durch staatliche Entscheidungen (Gesetz) in innerstaatliches transformiert werden.
- Regeln des Völkerrechts sind in der BRD nach Art. 25 GG (Völkerrechtsklausel) unmittelbar verbindlich und stehen über den Gesetzen.

United Nations Organization (UN) – Ziele, Grundsätze, Hauptorgane

- Die United Nations Organization (UN) = Vereinten Nationen (VN) mit Sitz in New York wurden am 26.06.1945 in San Francisco als Reaktion auf den Zweiten Weltkrieg durch 51 Staaten gegründet. Die UN hat 2019 193 Mitglieder.
- **Hauptaufgaben** laut UN-Charta (Art. 1): Sicherung des Weltfriedens, Beseitigung von Friedensbedrohungen; Aufbau freundschaftlicher Beziehungen, die auf dem Grundsatz der Gleichberechtigung und Selbstbestimmung der Völker beruhen; Verständigung der Völker untereinander; Förderung der internationalen Zusammenarbeit zur Lösung wirtschaftlicher, kultureller, sozialer und humanitärer Probleme.
- **Grundsätze der UN** nach der UN-Charta: **nationale Souveränität** und **souveräne Gleichheit aller Mitglieder** (unabhängig von ihrer Größe); Verzicht auf Gewaltanwendung: **friedliche Schlichtung** aller Streitigkeiten; freundschaftliche Zusammenarbeit; Weltfrieden und nationale Sicherheit wahren; internationale Zusammenarbeit.
- **Hauptorgane:**
  - **Generalversammlung:** Sie ist das zentrale Beratungsorgan, in dem jeder Staat eine Stimme hat. Beschlüsse und Resolutionen sind für die Mitgliedsstaaten völkerrechtlich nicht bindend. Zur Erleichterung der Arbeit werden Ausschüsse gebildet. Der Generalversammlung obliegt das Budgetrecht.
  - **Sicherheitsrat:** Er trägt die Hauptverantwortung für die Wahrung des Weltfriedens. Er besteht aus 15 Mitgliedern, darunter fünf ständige (GB, F, RU, CH, USA) und zehn nichtständige (Wahl alle zwei Jahre). Die ständigen Mitglieder verfügen über ein Vetorecht und können Beschlüsse verhindern. Mit dem Beitritt zur UN verpflichten sich die Staaten, die Beschlüsse des Sicherheitsrates umzusetzen.
  - **Generalsekretär:** Er hat die Verantwortung für die Verwaltung, die Koordination der täglichen Arbeit und die Repräsentanz nach außen. Er kann den Sicherheitsrat nach Art. 99 der UN-Charta auf friedensgefährdende Maßnahmen aufmerksam machen. Gewählt wird er durch die Generalversammlung auf Vorschlag des Sicherheitsrates für fünf Jahre.

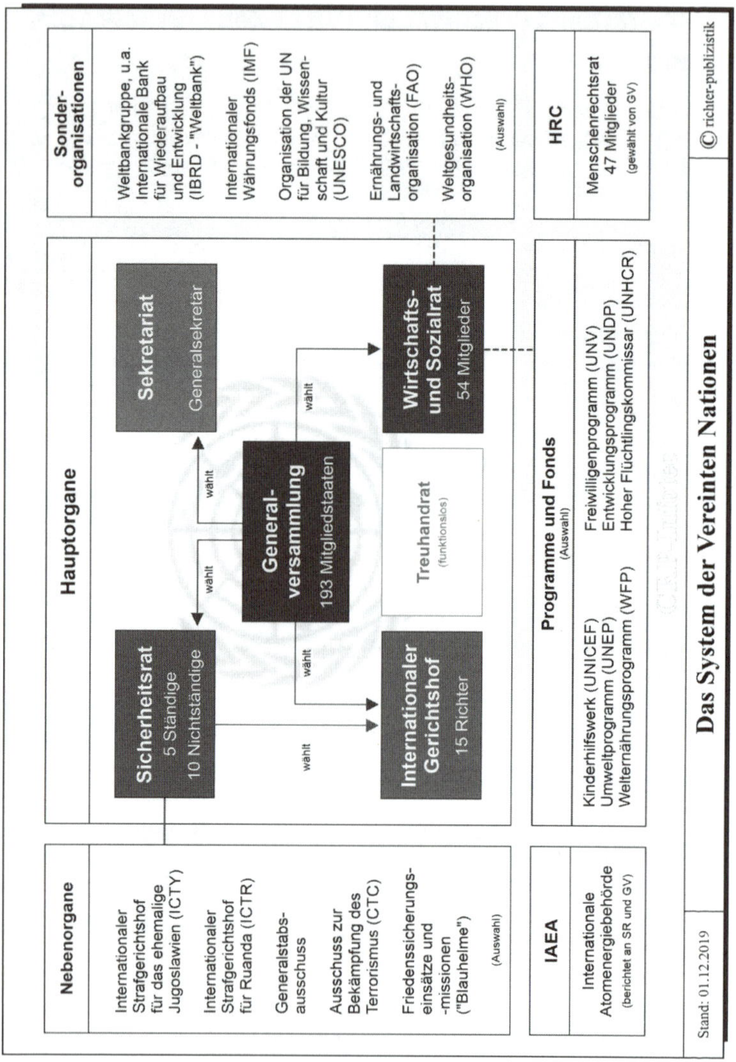
Das System der Vereinten Nationen
Nebenorgane
Internationaler Strafgerichtshof für das ehemalige Jugoslawien (ICTY)
Internationaler Strafgerichtshof für Ruanda (ICTR)
Generalstabsausschuss
Ausschuss zur Bekämpfung des Terrorismus (CTC)
Friedenssicherungseinsätze und -missionen ("Blauhelme")
(Auswahl)
Hauptorgane
Sicherheitsrat
5 Ständige
10 Nichtständige
Generalversammlung
193 Mitgliedstaaten
Sekretariat
Generalsekretär
Internationaler Gerichtshof
15 Richter
Treuhandrat
(funktionslos)
Wirtschafts- und Sozialrat
54 Mitglieder
wählt
wählt
wählt
wählt
wählt
Sonderorganisationen
Weltbankgruppe, u.a. Internationale Bank für Wiederaufbau und Entwicklung (IBRD - "Weltbank")
Internationaler Währungsfonds (IMF)
Organisation der UN für Bildung, Wissenschaft und Kultur (UNESCO)
Ernährungs- und Landwirtschaftsorganisation (FAO)
Weltgesundheitsorganisation (WHO)
(Auswahl)
IAEA
Internationale Atomenergiebehörde
(berichtet an SR und GV)
Programme und Fonds
(Auswahl)
Kinderhilfswerk (UNICEF)
Umweltprogramm (UNEP)
Welternährungsprogramm (WFP)
Freiwilligenprogramm (UNV)
Entwicklungsprogramm (UNDP)
Hoher Flüchtlingskommissar (UNHCR)
HRC
Menschenrechtsrat
47 Mitglieder
(gewählt von GV)
Stand: 01.12.2019
© richter-publizistik

United Nations Organization (UN) – Reformansätze

- Grundsätzlich besteht Einigkeit über den Reformbedarf der UN. Sie ist seit ihrer Gründung stets gewachsen. Die Bedrohungen haben sich verändert (z. B. Terrorismus) und erfordern eine Anpassung des Völkerrechts an die neuen Bedrohungslagen. Auch entsprechen die Verfahren und Strukturen nicht mehr den weltpolitischen Realitäten. Die Reformansätze lassen sich grob in drei Kategorien unterteilen:
- **Effizienzsteigerung:** Reformen mit dem Schwerpunkt, die Leistungsfähigkeit der UN zu steigern und die Ressourcen nachhaltiger zu verwenden. Der Fokus liegt hier auf der Optimierung administrativer Vorgänge und Planungsverfahren.
- **Institutionelle Reformen:** Hierbei geht es um Neuerungen bzw. Anpassungen von Organen und Gremien. Besonders eine Reform des **Sicherheitsrates** wird aus diesen Gründen angemahnt:
    - Die ständigen Mitglieder können mit ihrem Vetorecht Entscheidungen des Sicherheitsrates blockieren. Problem: Es besteht die Möglichkeit, die Reform des Sicherheitsrates zu blockieren.
    - Seine Zusammensetzung spiegelt die Weltordnung nach 1945 wider (= Siegermächte des Zweiten Weltkrieges sind ständige Mitglieder), aber nicht die des 21. Jahrhunderts. Außer China sind alle Mitglieder westliche Industrienationen. Afrika, Lateinamerika und islamische Länder sind nicht vertreten. Kritik aus der BRD: Deutschland gehört zu den Hauptfinanzierern der UN, ist aber kein ständiges Mitglied; hier werden Rufe nach einer Erweiterung des Sicherheitsrates laut.
    - Ferner wird vielfach mehr Transparenz bei der Wahl des Generalsekretärs gefordert sowie eine Kompetenzerweiterung des Amtes.
- **Grundsätzliche Umgestaltung** der Organisation: Hierbei stehen z. B. Vorschläge zu einer stärkeren Supranationalisierung der UN im Zentrum. Dadurch müssten die Nationalstaaten weitere Souveränitätsrechte und Entscheidungskompetenzen der UN übertragen.

Neue Dimensionen internationaler Sicherheit

- Die Herausforderungen der Globalisierung wie z. B. organisierte Kriminalität, Terrorismus, die Weitergabe von Massenvernichtungswaffen, erfordern ein grenzüberschreitendes Handeln der Nationalstaaten und ein Konzept der **„Vernetzten Sicherheit"** (englisch: **„Comprehensive Approach"**, international: **„Whole-of-Government-Approach"**).

- **Ziel** des Ansatzes ist, internationale Gewaltkonflikte zu verhindern oder zu bearbeiten, indem die Ressourcen aller relevanten Institutionen aufeinander abgestimmt und arbeitsteilig eingesetzt werden.

- **Vernetzungen:** Ihre **Formen** reichen von Ad-hoc-Vernetzungen (z. B. gemeinsame Einsatzvorbereitungen) hin zu dauerhaften Vernetzungen, auf multilateraler Ebene z. B. Country Teams der UN, auf nationaler Ebene z. B. Bundessicherheitsrat. **Grenzen:** Mit einer steigenden Anzahl an Akteuren steigen die Transaktionskosten, was die Verständigung auf gemeinsame Ziele erschwert, z. B. aufgrund eines erhöhten Koordinationsaufwands oder unterschiedlichen Einstellungen.

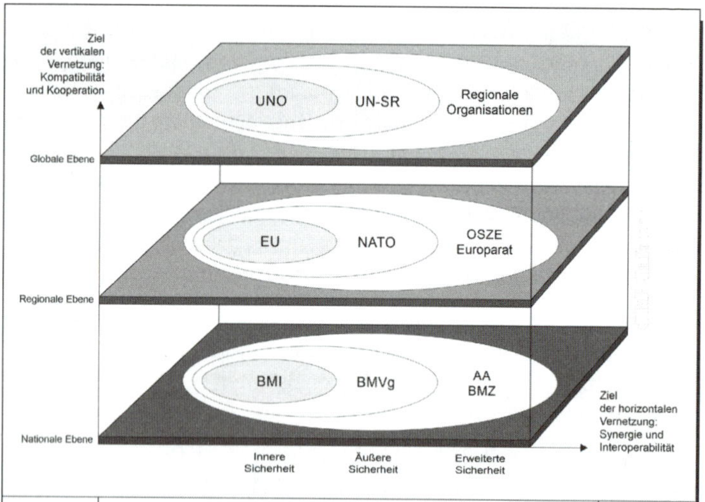

Stand: 01.12.2019 | Vernetzte Sicherheit - Ebenen und Akteure (Auswahl) | © richter-publizistik

Responsibility to Protect (R2P)

- Ein zentrales Prinzip der internationalen Ordnung und des Völkerrechts ist neben der souveränen Gleichheit aller Staaten das **Interventions- und Gewaltverbot** (UN-Charta Art. 2). Dieses schließt Eingriffe in die inneren Angelegenheiten eines Staates durch andere Staaten und die UN aus. Eine **Ausnahme** liegt vor, wenn die UN zur Wahrung der Wiederherstellung des Weltfriedens und der internationalen Sicherheit Zwangsmaßnahmen beschließt (Art. 2).
- Ist ein Staat z. B. aufgrund einer Naturkatastrophe nicht in der Lage, seine Bevölkerung ausreichend zu schützen, springt die internationale Gemeinschaft ein und unterstützt den Staat dabei. Dies schließt auch das Ergreifen kollektiver Maßnahmen zur Verhindern von Völkermord und anderer schwerer Verbrechen gegen die Bevölkerung mit ein, auch wenn diese vom jeweiligen Staat nicht gewünscht sind.
- Möglich wird dies aufgrund des UN-Verständnisses von Staatssouveränität, die eine **Schutzverantwortung gegenüber seinen Bürgern** beinhaltet. Folglich muss ein Staat seine Bürger vor Schaden bewahren, z. B. durch schwere Menschenrechtsverletzungen.
- Das Eingreifen der Staatengemeinschaft ist an gewisse Kriterien gebunden: Es müssen Bedrohungslagen extremen Ausmaßes vorliegen, z. B. ethnische Säuberungen. Der primäre Zweck des Eingreifens liegt im Beenden menschlichen Leidens. Gewaltanwendung gilt als letztes Mittel, das hinsichtlich Umfang, Dauer und Intensität auf ein Minimum begrenzt ist. Das Vorgehen muss Aussicht auf Erfolg haben, z. B. Libyen 2011.
- Die R2P (= Schutzverantwortung) wurde 2005 in das Abschlussdokument des Weltgipfels der UN übernommen. Vorausgegangen waren humanitäre Katastrophen wie in Somalia (1992/93), der Völkermord in Ruanda (1994) oder Srebrenica (1995).
- Die R2P verhindert, dass die staatliche Souveränität genutzt wird, um im Inneren eines Landes ungehindert Menschenrechtsverletzungen zu begehen.

Samuel P. Huntington: Kampf der Kulturen

- Samuel P. Huntington (1927–2008) veröffentlichte 1993 den Artikel „The Clash of Civilizations". These: Konflikte der Zukunft finden nicht mehr zwischen Staaten, sondern zwischen Zivilisationen statt.
- Huntington postuliert, dass die internationale Politik bis zum Ende des Ost-West-Konflikts in erster Linie von der westlichen Welt dominiert wurde. Danach versuchten die Länder der nicht-westlichen Welt verstärkt, ihre Interessen durchzusetzen.
- Während Konflikte in der Zeit des Kalten Krieges vor allem ideologisch, wirtschafts- und sicherheitspolitischen Ursprungs waren, werden sie zukünftig Bemühungen der nicht-westlichen Welt widerspiegeln, die westliche Vorherrschaft anzufechten.
- Huntington geht von **acht Zivilisationen (= Kulturkreisen)** aus: westliche (aufgeteilt in eine US-amerikanische und eine europäische), slawisch-orthodoxe, islamische, konfuzianische (China), hinduistische (Indien), japanische, lateinamerikanische und afrikanische Zivilisation.
- Die Kulturkreise verbindet eine gemeinsame Geschichte, Sitten, Traditionen, Sprachwurzeln und die Religion. Konstituierend für einen Kulturkreis ist dabei insbesondere die **Religionszugehörigkeit**.
- Konflikte der Zukunft werden vorrangig mit militärischen Mitteln und auf zwei Ebenen ausgetragen: auf der **Mikroebene** als Konflikte zwischen einzelnen Gruppen aufgrund religiöser oder ethnischer Gegensätze und auf der **Makroebene** als Konflikte zwischen Staaten verschiedener Zivilisationen um die wirtschaftliche und militärische Vormachtstellung.
- **Kritik** erfährt Huntington bezüglich seiner Einteilung der Kulturkreise und seiner Annahme, der dominierende Konflikt finde zwischen der westlichen und der nicht-westlichen Welt mit militärischen Mitteln statt. Die konnte bisher nicht schlüssig nachgewiesen werden. Seine Annahmen seien außerdem ein Plädoyer gegen Abrüstung und für eine Politik der Stärke.

Ursachen und Motoren der Globalisierung

- **Definition:** Unter Globalisierung versteht man den Prozess der **zunehmenden globalen Verflechtung** von unterschiedlichen Bereichen, z. B. der Politik, Gesellschaft, Wirtschaft, Kultur, Ökologie, Kommunikation, Wissenschaft und Technik.

- **Ursachen der Globalisierung:**
  - **Gesunkene Transportkosten** für Güter und Informationen durch Fortschritte im Transport- und Kommunikationsbereich (Reduktion der Distanzüberwindungskosten) relativ zu den Produktionskosten;
  - Ende des Kalten Krieges und **Transformation der Planwirtschaften in Ost- und Mitteleuropa** zu Marktwirtschaften und Öffnung Chinas. Folge: Neue Wachstumszentren entstehen, große Teile der Welt werden in die internationale Arbeitsteilung integriert;
  - **Erweiterung der EU** und damit der Freihandelszone;
  - **Produktspezialisierungen** bedürfen größerer Absatzmärkte;
  - **kulturelle Angleichungen:** Abbau nationaler Unterschiede, Abnahme von Kriegen zwischen Nationen, zunehmende Mobilität und Angleichung von Lebensstilen, Wertvorstellungen und Normen.

- **Motoren der Globalisierung:**
  - **Liberalisierung:** Beseitigung von Vorschriften, die den Wettbewerb behindern. Dazu gehört der Abbau von Zöllen, Kontingenten und nicht-tarifären Handelshemmnissen insbesondere im Rahmen von GATT (General Agreement on Tariffs and Trade), WTO (World Trade Organisation → S. 137) und Freihandelszonen wie der EU.
  - **Privatisierung:** Umwandlung von Öffentlichem in Privates; Privatisierungswellen fanden seit den 1970er-Jahren in der westlichen Welt statt, die auf der Annahme basierten, dass private Marktkrafte am besten für die Verteilung von Produktionsfaktoren sorgen.
  - **Deregulierung:** Verringerung staatlicher Eingriffe in das Marktgeschehen. Sie fand in weiten Teilen der Wirtschaft statt (z. B. Telekommunikation, Banken, Bahn), die dadurch für den internationalen Wettbewerb geöffnet wurden.

Außenhandel

- **Definition Außenhandel:** Unter Außenhandel versteht man den grenzüberschreitenden Handel mit Gütern und Dienstleistungen.
- **Angebotsseitige** Gründe für den Außenhandel:
  - Mangel, Knappheit eines Gutes bzw. von Ressourcen im Inland und Überfluss im Ausland.
  - **Absolute Kostenunterschiede:** Güter können im Ausland billiger hergestellt werden.
  - **Komparative Kostenvorteile** führen zum Warenaustausch zwischen In- und Ausland.
  - **Heckscher-Ohlin-Theorem:** Die relative Knappheit der Produktionsfaktoren legt das Verhältnis der Preise in einer Volkswirtschaft fest und somit die internationale Arbeitsteilung.
  - Aber: **Leontief-Paradoxon:** Die USA mit einer großen Kapitalausstattung importieren kapitalintensive Produkte.
  - **Produktlebenszyklushypothese:** Produkte, die ursprünglich in Industrieländern gefertigt wurden, werden aufgrund von Lohnkostenvorteilen und Imitation in Entwicklungs- und Schwellenländern produziert und von dort in die Hochtechnologieländer exportiert.
  - **Degressive Stückkosten:** Mit der Produktionsmenge abnehmende Stückkostenverläufe (economies of scale) fördern die internationale Spezialisierung und Wohlfahrtsgewinne.
- **Nachfrageseitige** Gründe für Außenhandel:
  - **Intraindustrieller Handel:** Volkswirtschaften mit ähnlichen Kosten- oder Produktionsstrukturen handeln miteinander, da die Verbraucher unterschiedliche Präferenzen haben.
  - **Produktdifferenzierungen** können ebenfalls Bedürfnisse von Kunden befriedigen.

David Ricardo: komparative Kosten

- David Ricardo gilt neben Adam Smith als Mitbegründer der klassischen Nationalökonomie und erweiterte Smiths' Prinzip der „absoluten Kostenvorteile" um das Prinzip der „komparativen Kostenvorteile".
- Ricardos Annahme: Internationale Arbeitsteilung lohnt sich nicht nur dann, wenn ein Land A Gut 1 billiger und Land B Gut 2 billiger herstellen kann, sondern auch dann, wenn ein Land beide Güter billiger herstellen kann.

	absolute Kosten Land		komparative (relative) Kosten	
	Kosten 1 kg Mais	Kosten 1 kg Trauben	Kosten-verhältnis Mais/Trauben	Kosten-verhältnis Trauben/Mais
Land A	2	4	0,5	2
Land B	3	5	0,6	1,66

- Das Beispiel zeigt Folgendes:
  - Land A kann Äpfel und Erdbeeren kostengünstiger herstellen als Land B (Land A ist folglich bei beiden Produkten absolut „besser" als Land B).
  - Wenn Land A 1 kg Äpfel produziert, muss es auf 0,5 kg Erdbeeren verzichten (Auslastung der Arbeitskräfte und der Produktionskapazitäten). Produziert das Land 1 kg Erdbeeren, muss es auf 2 kg Äpfel verzichten (Opportunitätskosten/Verzichtkosten).
  - Transportiert Land A Äpfel in Land B und tauscht sie gegen Erdbeeren, ist ein Tauschgewinn von 0,1 zu vermerken (abzüglich der Transportkosten).
  - Ein Warentausch ist für beide Länder aufgrund der relativen Kostenvorteile vorteilhaft. Land A hat einen Kostenvorteil bei Äpfeln (0,1), Land B bei Erdbeeren (0,4).

Freihandel und Protektionismus

- Der **Freihandel** als Grundsatz des Liberalismus geht davon aus, dass der Wohlstand aller Länder am größten ist, wenn staatliche Beschränkungen des internationalen Handels beseitigt werden.
- **Argumente für Freihandel:**
  - Erschließung **neuer Märkte, Exportchancen** heimischer Produkte, dadurch Schaffung von Arbeitsplätzen im Land.
  - Förderung von **Innovationen, Kostensenkungen** und Effizienzgewinnen, ineffiziente Produzenten verschwinden.
  - Unterschiedliche Faktor-Ausstattungen und unterschiedliche Produktivität der Produktionsfaktoren führen zur Spezialisierung auf Güter, bei denen komparative Kostenvorteile bestehen (→ S. 126 f.). Diese werden exportiert.
  - Er fördert ein friedliches Verhalten der internationalen Partner.
  - Förderung der internationalen Arbeitsteilung, Folge: Produkte werden dort produziert, wo es am effizientesten und günstigsten ist = optimale Ausnutzung (Allokation) von Ressourcen.
- **Protektionismus:** Der Staat schützt die inländische Wirtschaft gegen ausländische Konkurrenz durch tarifäre (Steuern oder Zölle) und nicht-tarifäre Handelshemmnisse (z. B. Einfuhrkontingente, Subventionen). Ein weiteres Ziel ist der Schutz neuer, noch nicht wettbewerbsfähiger Industriezweige (Infant Industries).
- **Argumente für Protektionismus:**
  - Der internationale Wettbewerb kann zu Lohndruck in Branchen führen, die in Konkurrenz zu Niedriglohnländern stehen. Folge: Ungleiche Einkommensverteilung und Arbeitslosigkeit, besonders wenn Standortverlagerungen ins Ausland hinzukommen.
  - Schlüsselindustrien (z. B. Rohstoffgewinnung) müssen für Notsituationen geschützt werden, um unabhängig zu sein.
  - Der Standortwettbewerb schadet Umwelt-, Sozial-, Gesundheits- und Verbraucherschutzstandards.
  - Geschützte Unternehmen haben höhere Gewinne auf dem Inlandsmarkt.

Folgen der Globalisierung für die Nationalstaaten

- Durch die immer stärkere Verstrickung der Nationalstaaten in die Weltwirtschaft und Weltgesellschaft büßen diese Autonomie, Handlungsfähigkeit und demokratische Substanz ein.
- Die zunehmende Entmachtung der Nationalstaaten geht zurück auf:
  - **Verlust staatlicher Kontrollfähigkeit:** Einzelnen Staaten gelingt es immer weniger, die Bürger selbstständig gegen externe Effekte, die durch Entscheidungen anderer Akteure entstehen und Auswirkungen auf die Bürger des Staates haben, zu schützen. Dazu gehören z. B. Umweltbelastungen, organisiertes Verbrechen, Terrorismus, Waffenhandel, Epidemien.
  - **Wachsende Legitimationsdefizite im Entscheidungsgang:** Diese entstehen, wenn der Kreis derjenigen, die Entscheidungen treffen, nicht mit dem Kreis jener übereinstimmt, die von den Entscheidungen betroffen sind und Entscheidungen dem öffentlichen Willens- und Meinungsbildungsprozess entzogen werden. Dies geschieht z. B., wenn Entscheidungen aus den Nationalstaaten auf die EU verlagert und aufgrund einer fehlenden europäischen Öffentlichkeit einem Meinungs- und Willensbildungsbildungsprozess entzogen werden und somit intern in den EU-Gremien entschieden werden.
  - **Zunehmender Mangel, legitimationswirksame Steuerungs- und Organisationsleistungen zu erbringen:** Da das Kapital nicht mehr auf nationale Märkte angewiesen ist und drohen kann, dorthin zu gehen, wo die Steuerlast und die Auflagen (soziale Standards, Arbeitsplatzsicherung) gering sind, verlieren nationalstaatliche Mechanismen an Wirksamkeit.

Global Governance

- **Definition: Global Governance** ist eine Bezeichnung für einen **internationalen Rahmen** von Prinzipien, Regeln, Gesetzen und Institutionen zur Bewältigung **globaler Probleme.**
  - Hintergrund von Global Governance sind **Herausforderungen in Folge der Globalisierung**, die die Länder nicht alleine lösen können:
  - **Schutz** globaler **(öffentlicher) Güter**: z. B. Weltklima, nicht erneuerbare Ressourcen, Biodiversität, Ozonschicht;
  - **globale Asymmetrien:** z. B. Informationsasymmetrien können Kursschwankungen und internationale Finanzkrisen auslösen, Verschärfung von Verteilungsproblemen;
  - **grenzüberschreitende externe/regionale Probleme:** z. B. Finanzkrisen, Schadstoffemissionen, Migration;
  - **globale Interdependenzen:** z. B. Anpassungszwänge durch den Standort- sowie Steuersenkungswettbewerb;
  - **akute Destabilisierungsgefahr**: z. B. Finanz- und Währungskrisen, außenwirtschaftliche Ungleichgewichte.

- **Probleme/Herausforderungen:**

Akteure: z. B. UN, WTO, NGO

  - **Grenzübergreifende Schattenökonomien:** informelle/kriminelle Aktivitäten wie Umschlagplätze für Waren, unregulierte Arbeitsmärkte, Geldtransfers, Kapitalflucht.
  - **Nationalinteressen** souveräner **Staaten** widersprechen sich, z. B. USA und Kyoto-Protokoll.
  - **Legitimität der Akteure**, z. B. Kritik an der fehlenden Legitimation der UN oder von NGOs.
  - **Reformvorschläge:** z. B. Schaffung einer Weltzentralbank, von stabilen Rohstoffpreisen, einer internationalen Koordinierung der Fiskalpolitik, einer internationalen Zivilgesellschaft.

Multi- und transnationale Unternehmen

- Multi- und transnationale Unternehmen gelten als Wachstumsmotor der Globalisierung.
  - **Multinationale Unternehmen (MNU)** haben Tochterunternehmen im Ausland und somit mehr als einen Produktionsstandort.
  - **Transnationale Unternehmen (TNU)** sind in mehreren Ländern mit eigenständigen Vertriebs- und Produktionsstätten sowie Forschungs- und Entwicklungsabteilungen vertreten. Sie arbeiten auf der Grundlage einer gemeinsamen Strategie, berücksichtigen aber nationale Begebenheiten bei Führung und Organisation des Unternehmens.
- **Kritik:**
  - Sie haben als Arbeitgeber und Steuerzahler **großen Einfluss** und können z. B. durch Drohungen wie Standortverlagerung und Entlassungen, insbesondere in strukturschwachen Regionen ihre Interessen in der Politik durchsetzen, ohne dafür von der Bevölkerung legitimiert zu sein.
  - Aufgrund der weltweiten Verflechtung der Unternehmen verlieren Nationalstaaten **Kontroll- und Gestaltungsmöglichkeiten** in der Wirtschaftspolitik.
  - Gewinn wird oftmals in Länder mit **niedrigen Steuersätzen** abgeschoben.
  - In weniger entwickelten Ländern kann das Engagement der multinationalen oder transnationalen Unternehmen dazu führen, dass sich die **Wirtschaftsstruktur einseitig entwickelt.**
  - Die **Reinvestition** des Gewinns erfolgt oftmals nicht vor Ort.
  - Sie sorgen für eine **Verwestlichung** (auch Amerikanisierung) von Konsum (Apple, Coca Cola, McDonald's – **McDonaldisierung**) und Kultur.
  - **Aber:** Möglicherweise werden durch die Direktinvestitionen Arbeitsplätze, Kapital und Wissen geschaffen, der Wettbewerb und die Region gefördert (durch Zulieferer). Die gezahlten Gehälter liegen zudem oftmals über dem Landesdurchschnitt.

Schwellenländer als Globalisierungsgewinner?

- Wer profitiert vom Globalisierungsprozess? Der von der Bertelsmann-Stiftung herausgegebene **Globalisierungsreport 2018** mit 42 untersuchten Ländern, die 90 % der globalen Wirtschaftsleistung abdecken, zeigt:
  - Anstieg des Pro-Kopf-Einkommens in allen untersuchten Ländern;
  - Gemessen am realen BIP je Einwohner können die **Industrieländer** die **größten globalisierungsbedingten Zuwächse** verbuchen.
  - Das **BIP je Einwohner wächst auch in Schwellenländern** wie China, Indien und Brasilien. Hier sind jedoch deutlich geringere Zuwächse zu verzeichnen, wobei das dortige große Bevölkerungswachstum berücksichtigt werden muss.
  - Hinsichtlich der **Kapital- und Finanzmärkte** weisen die Schwellenländer eine deutlich geringere internationale Verflechtung auf als Industrieländer. Diese Integration verläuft langsamer als die des Außenhandels. Hier spielt allerdings die Größe der Volkswirtschaften eine Rolle: In größeren Volkswirtschaften spielt der eigene Binnenmarkt eine Rolle, Wertschöpfungsketten der kleineren sind auf internationale Zulieferer angewiesen.
  - Damit die Schwellenländer wirtschaftlich aufschließen können, empfiehlt der Bericht, die Integration in die Weltwirtschaft zu fördern. Industrieländer müssten sich stärker für Produkte aus den Schwellenländern öffnen, Agrarsubventionen verringern und den Ausbau der Infrastruktur, Bildung und Produktion in diesen Länder unterstützen.
  - Die Globalisierung fördert die Ungleichheit, da sie den Wohlstand in den Industrieländern vermehrt, jedoch weniger in den Schwellen- und Entwicklungsländern.

- **Entwicklungsländer:** Sie werden von Globalisierungskritikern als Opfer der Globalisierung angesehen.
  - **Exogene Faktoren:** Bei Marktöffnung mangelnde Konkurrenzfähigkeit der eigenen Produkte; einseitige Produktionsstruktur; Abhängigkeit von transnationalen Konzernen, strukturelle Ungleichheit. Folge: Verschlechterung der Terms of Trades = reales Austauschverhältnis = Verhältnis zwischen Exportgutpreisniveau und Importgutpreisniveau eines Staates.
  - **Endogene Faktoren:** z. B. „failing states" (→ S. 143); rivalisierende Gruppen innerhalb des Landes; Defizite in Bildung und Infrastruktur.

Entwicklungspolitik

- **Entwicklungshilfe** bezeichnet staatliche und private Maßnahmen, die von Industrieländern und internationalen Organisationen zur Förderung von Entwicklungsländern ergriffen werden.
- **Höhe der Entwicklungshilfe:**
  - Idealfall 0,7 % des Bruttonationaleinkommens, ODA-Quote = Anteil der öffentlichen Ausgaben für Entwicklungszusammenarbeit am Bruttonationaleinkommen, vereinbart im OECD-Entwicklungsausschuss;
  - Wert für die BRD: 0,61 % (2018); Deutschland ist global hinter den USA zweitgrößter Geber von Entwicklungshilfe.
- **Ziele:**
  - Konzentration auf ca. 60 Staaten (Ankerland-Konzept)
  - Der deutsche „Marshallplan mit Afrika" (Initiative des Bundesministeriums für wirtschaftliche Zusammenarbeit und Entwicklung) und der „Compact for Africa" der G20 deuten eine Abwendung von der klassischen Entwicklungshilfe an, da die Förderung privater Investitionen im Zentrum steht.
  - Man unterscheidet: „Hilfe zur Selbsthilfe" (z. B. in Form von Kapital zum Bau von Staudämmen oder zur Verbesserung der Infrastruktur), Beratung, Handels- und Technikhilfen, Bildungshilfe und „Nothilfe" in Krisen (Nahrungsmittelhilfen).
- **Kritik an der bisherigen Entwicklungspolitik:**
  - Korrupte Eliten bereichern sich an den Hilfsgeldern.
  - Gelder behindern den Aufbau einer funktionierenden Wirtschaft, da sie falsche Anreize setzt.
  - Die Hilfe erzeugt eine einseitige Abhängigkeit von den Geberländern.
  - Annahmen und Ziele der Entwicklungszusammenarbeit haben eine sehr marktwirtschaftliche und eurozentrische Perspektive, subsistenzorientiertes traditionelles Wirtschaften wird als „unterentwickelt" kategorisiert.
  - Gelder kommen oft der Wirtschaft der Geberländer zugute.

Ziele für nachhaltige Entwicklung

- **2000:** 189 Mitgliedsstaaten der UN verabschieden die Millennium Development Goals (MDGs) als klar definierte Ziele im Kampf gegen Armut, Hunger, Krankheit, Umweltzerstörung. Sie sollen bis 2015 erfüllt werden, sind jedoch völkerrechtlich nicht verbindlich.
- **2001: Veröffentlichung von acht Zielen**, für deren Bewertung Indikatoren definiert wurden: Halbierung von extremer Armut und Hunger, Durchsetzung einer allgemeinen Primarschulbildung; Gleichstellung der Geschlechter; Reduktion der Kindersterblichkeitsrate; Bekämpfung von Krankheiten (v.a. HIV/Aids, Malaria); Sicherung der ökologischen Nachhaltigkeit; Aufbau einer globalen Entwicklungspartnerschaft.
- **Stand:** Rückgang extremer Armut in den letzten 20 Jahren, aber: unterschiedliche Erfolgsbilanz je nach Region/Land; Erfolge hinsichtlich der allgemeinen Primarschulbildung (Haupthinderungsgrund: anhaltende Armut); Ungleichheit zwischen Geschlechtern besteht weiter fort; Klimawandel/Umweltzerstörung können erreichte Ziele zunichtemachen; zudem weiterhin große Unterschiede zwischen den ärmsten und reichsten Haushalten sowie ländlichen und städtischen Gebieten.
- **Ab 2016–2030:** Sustainable Development Goals (**SDGs**). Neben der sozialen und ökonomischen soll die ökologische Nachhaltigkeit gestärkt werden.

Internationaler Währungsfonds (IWF)

- Gründung 1944 auf der Konferenz in Bretton-Woods. Ziel: Erleichterung des Währungsaustauschs (Konvertibilität) durch Einführung eines Systems fester Wechselkurse mit dem US-Dollar als Ankerwährung (Bretton-Woods-System). Sitz in Washington D.C., 189 Mitglieder in 2019.

- **Aufgaben** seit dem Zusammenbruch des Bretton-Woods-Systems 1973: Förderung des Welthandels und der Zusammenarbeit in der Währungspolitik; Überprüfung der Geld- und Fiskalpolitik (Stabilitätssicherung); Hilfe bei Zahlungsbilanzproblemen (quotenabhängige Kredite); technische Unterstützung bei der Gestaltung der Finanz- und Währungspolitik.

- **Sonderziehungsrechte:** Anrecht, bei Bedarf die nationale Währung in konvertible Währungen umzutauschen:
  - Konditionalität der Kreditvergabe: Ziehungen (Kredite) sind an Auflagen gekoppelt; meist werden umfangreiche Sparbemühungen und strukturelle Reformen erwartet.
  - Leitlinien: Angebotspolitik, Ungleichheit als Anreiz; Austeritätspolitik, d.h. Abbau des Staatsdefizits teils über Kürzung der Sozialausgaben; restriktive Geldpolitik, Freihandel und Exportorientierung (z.B. Washington Consensus).
  - In der europäischen Schuldenkrise ab 2009 Teil der „Troika" = Kooperation von Europäischer Zentralbank, Internationalem Währungsfonds und Europäischer Kommission.

- Seit 2016 neue programmatische Ausrichtung: progressive Steuersysteme, Staat als Umverteiler, gegen Steuerwettbewerb um Großkonzerne. Aber: Im operativen Geschäft verhält sich der IWF widersprüchlich und vergibt Kredite nach den alten Leitlinien.

- **Bewertung:** Vorgaben des IWF schränken nationalstaatliche Souveränität z.T. stark ein; manche Maßnahmen wirken nachfragedämpfend oder sogar krisenverschärfend. Westliche Dominanz in den Entscheidungsgremien des IWF (Sperrminorität von USA/EU bei Entscheidungen im Gouverneursrat). Den Vorsitz haben trotz wachsender Bedeutung der Schwellenländer die Europäer. Aber: Die Kreditvergabe des IWF ist eine Möglichkeit für Staaten mit Zahlungs- und Finanzierungsschwierigkeiten, sich zu stabilisieren.

Weltbank

- Gegründet 1944 während der Konferenz von Bretton-Woods, einer Finanz- und Währungskonferenz der späteren Siegermächte. Ziel: Unterstützung des Wiederaufbaus nach dem Zweiten Weltkrieg.
- Sitz der Weltbankgruppe ist Washington D.C., sie hat im Jahr 2019 189 Mitglieder und Büros in über 130 Ländern. Die USA haben den größten Stimmenanteil mit 15,85 %, Deutschland 4 %. Die Schwellenländer haben bei der Stimmrechtsreform 2010 an Bedeutung gewonnen.
- Die Weltbank als Weltbankgruppe umfasst fünf Organisationen: Internationale Bank für Wiederaufbau und Entwicklung, Internationale Entwicklungsorganisation, International Finance Corporation, Multilaterale Investitions-Garantie-Agentur, Internationales Zentrum für Beilegung von Investitionsstreitigkeiten.
- Sie ist eine Sonderorganisation der UN mit weitgehend autonomen Befugnissen. **Ziel: Förderung der Entwicklung und Bekämpfung der Armut.** Sie ist weltgrößter Finanzierer von Entwicklungsprojekten.
- **Aufgaben:** Im Unterschied zum IWF finanziert die Weltbank langfristige Entwicklungsprojekte in der Realwirtschaft zu niedrigen Zinsen.
- **Kritik:**
  - Konzentration auf neoliberale Reformen (→ Neoliberalimus, S. 94),
  - Strukturanpassungsprogramme führen zum Rückgang der Wirtschaftsleistung,
  - Bevorzugung der Industrienationen bei Entscheidungen.
  - Das Präsidentenamt lag fast immer in den Händen der USA, im Gegenzug hatten die Europäer den Vorsitz im IWF.

Welthandelsorganisation (WTO)

- Internationale Organisation mit Sitz in Genf, beschäftigt sich neben dem IWF und der Weltbank mit Handels- und Wirtschaftsbeziehungen. Gegründet 1994 als Nachfolgeorganisation von GATT (General Agreement on Tariffs and Trade). **Ziel:** Abbau von Handelshemmnissen, Liberalisierung des internationalen Handels, Schlichtung von Handelsstreitigkeiten. Im Jahr 2018 hat die WTO 194 Mitglieder, diese erwirtschaften ca. 98 % des globalen Welthandels.

Prinzipien der World Trade Organization (WTO)

- Die Regeln sind für alle bindend.
- Nichtdiskriminierung: Güter des Inlands dürfen gegenüber ausländischen Gütern nicht begünstigt werden (Inländerprinzip). Meistbegünstigung: Zoll- und Handelsvorteile, die sich zwei Mitglieder einräumen, gelten für alle.
- Kontingentverbot: Es darf keine Obergrenzen für importierte Produkte geben.
- Reziprozität = Prinzip der Gegenseitigkeit: wechselseitige Liberalisierung durch gegenseitigen Zollabbau.
- **Ausnahmen:** Vorübergehender Protektionismus zur Marktstabilisierung möglich. Entwicklungsfördernde Liberalisierung: fast komplette Ausnahmen und leichter Marktzugang für Least Developed Countries (LDC, „Vierte-Welt-Länder"). Handelsvorteile für Entwicklungsländer müssen nicht auf alle übertragen werden (landwirtschaftliche Produkte, Textilien) → keine volle Reziprozität.

↙ ↘

Erfolge

- Abbau von Handelsbeschränkungen, Wohlfahrtsgewinn und Effizienzsteigerung
- Zunahme der Mitgliedschaften (2001 China), heute 194 Mitgliedsländer
- Streitschlichtungsverfahren: Mitgliedsländer können sich vor diesem Gremium verklagen, wenn sie der Ansicht sind, dass die WTO-Regeln verletzt sind. Bei Nichtbeachtung der Entscheidung des Expertenpanels kann dem klagenden Land erlaubt werden, Sanktionen zu verhängen.

Probleme

- schwache Sanktionsmöglichkeiten bei Vertragsbrüchen
- Interessenskonflikt zwischen entwickelten Ländern (Umweltschutz, Agrarnormen) und Entwicklungsländern (mehr Ausnahmen, Liberalisierung des Agrarhandels)
- Zunahme regionaler und bilateraler Handelsabkommen
- Dominanz der Quad-Staaten (EU, USA, Japan, Kanada)
- „Zoll-Krieg" (USA und China)
- Ablehnung der Liberalisierung des Welthandels durch zivilgesellschaftliche Gruppen

Klimawandel und Klimapolitik

- **Klimawandel** bezeichnet die durch den Menschen verursachten Veränderungen des Klimas auf der Erde. Es wird davon ausgegangen, dass der Ausstoß von Treibhausgasen zu einer Erhöhung der Jahresdurchschnittstemperaturen führt.
- **Klimapolitik** ist der Bereich der Politik, der sich auf nationaler, europäischer und internationaler Ebene mit der Einführung und Ausgestaltung von Maßnahmen und Strategien zum Schutz des Klimas befasst, z. B. Vorschriften zur Vermeidung von Treibhausgasen.
- **Problematik:**
  - Die Atmosphäre ist **Gemeinschaftsgut** aller Menschen. Ihr Schutz ist nur durch freiwillige Vereinbarungen auf globaler Ebene möglich.
  - Der Erfolg von Schutzmaßnahmen wird durch eine **Dilemmasituation** erschwert. Staaten würden von einer Kooperation profitieren, allerdings haben Länder einen Anreiz, bei diesem **öffentlichen Gut** von den Anstrengungen der anderen ohne eigenes Zutun zu profitieren (**Trittbrettfahrerproblem**). Paradoxerweise führt dies dazu, dass der Abschluss der Umweltabkommen umso unwahrscheinlicher wird, je notwendiger sie sind.
- **Lösung:** „Koalition der Willigen", deren Mitglieder Vorteile haben oder Sanktionen verhängen können, z. B. Strafzölle für „free-rider".
- **Klimapolitik auf nationaler Ebene:**
  - Nach dem Unglück von Fukushima 2011: Der Ausstieg Deutschlands aus der Kernenergie soll bis 2022 erfolgen.
  - Der Kohleausstieg soll bis 2038 erfolgen. Folge: Die Nachfrage nach Zertifikaten (→ S. 92) im Emissionshandel sinkt und damit deren Preis. Der Erwerb zusätzlicher Emissionsrechte wird billiger und damit könnte der CO_2-Ausstoß ansteigen.
  - Seit 2000: Erneuerbare-Energien-Gesetz (EEG) = Subvention von erneuerbaren Energien und Abnahmegarantie.

Internationale Klimapolitik

- **Europäische Ebene:**
  - Bis 2030 rechtlich verbindliches Ziel der Emissionsminderung um 40 % gegenüber 1990. Der Anteil an erneuerbarer Energie soll um 27 % erhöht werden.
  - Zentrales Element ist der Emissionshandel (→ S. 92).
- **Internationale Ebene:**
  - 1992 Umweltgipfel in Rio: UN-Klimarahmenkonvention.
  - 1997 Kyoto-Protokoll: Industrieländer verpflichten sich zur Emissionsreduktion. Ziel: Schaffung eines globalen Emissionsmarktes. Keine Ratifikation in den USA.
  - 2015 Paris, gemeinsames Langfristziel: Begrenzung des Anstiegs der weltweiten Durchschnittstemperatur auf deutlich unter 2 °C gegenüber vorindustriellen Werten (Aufhebung der Trennung zwischen Industrie- und Entwicklungsländern). Freiwillige Selbstverpflichtung zu nationalen Klimaschutzplänen, aber ohne formale Sanktion, nur „naming and shaming", mulitlaterale Instrumente (z. B. Klimafinanzierung über einen internationalen Topf).
- **Subnationale Ebene und Zivilgesellschaft:** z. B. Fridays-for-Future-Bewegung (Streikbewegung für umfassende und schnelle Klimaschutz-Maßnahmen).
- **Alternative Ansätze:**
  - Technischen Fortschritt voranbringen, z. B. Elektromobilität;
  - moralischen Druck erhöhen, gesellschaftliche Ächtung von klimaschädlichem Verhalten.
  - **Divestment-Bewegung:** Global angelegte Bewegung mit dem Ziel, dass Institutionen und Einzelpersonen alle Investitionen von Kohle-, Öl- und Gaskonzernen abstoßen, z. B. Aktien oder Anleihen. Dadurch soll der Einfluss der Kohle-, Öl- und Gasindustrie geschwächt werden, da diese durch ihren großen politischen Einfluss Maßnahmen zur Bekämpfung des Klimawandels blockieren (200 börsennotierte Unternehmen besitzen die große Mehrheit der Kohle-, Öl- und Gasvorkommen).

Ressourcenverfügbarkeit

- Der Kampf um Ressourcen gilt als zweithäufigste Konfliktursache. Nach dem **Heidelberger Konfliktbarometer** spielten 2017 Ressourcen bei 97 von 385 Konflikten niedriger bis hoher Intensität eine Rolle. Prognosen zufolge wird es zukünftig zu einer Verschärfung der Ressourcenkonflikte kommen, da die Nachfrage nach Nahrung, Wasser und Energie bis 2030 um je 35 %, 40 % bzw. 50 % steigen wird. Folge: Gefahr für die Sicherheit der Menschen und die Stabilität politischer Systeme.

- Die Ressourcen Wasser, Nahrung und Energie sind miteinander verknüpft. So werden z. B. 70 % der globalen Süßwasserressourcen vom Agrarsektor benötigt, im Kontext des Klimawandels, des Bevölkerungswachstums und veränderten Lebensstandards gewinnt dies an Bedeutung. Die Verknüpfung der drei Ressourcen wird auch als **„Water-Energy-Food-Security-Nexus"** bezeichnet.

- Ressourcenkonflikte treten als **Zugangskonflikte, Verteilungskonflikte** oder **versteckte Ressourcenkonflikte auf**, z. B. Treibhausgas-Emissionen, virtuelles Wasser = die Menge Wasser, die für die Herstellung eines Produkts anfällt.

- Auch **Ressourcenüberfluss** kann Konflikte auslösen, z. B. Gewalt im Südsudan 2013 als Kampf um politische Vorherrschaft und um Ölfelder. Zudem: Gefahr des **„Dutch Disease"** = Export der Rohstoffe führt zur Aufwertung der Währung und zu einer Schwächung des produzierenden Sektors. Der Abbau geht oftmals mit Umweltzerstörung und schlechten Arbeitsbedingungen einher.

- **Lösungsstrategien: Ressourcenmanagement** wie z. B. die Verbesserung der Effizienz und Nutzung von Ressourcen. Förderung von Institutionen zur Regulierung der Ressourcenverteilung. Entwicklungszusammenarbeit zur Verbesserung wirtschaftlicher und politischer Strukturen, z. B. Milleniumsziele der UN und Nachbesserung 2015 für nachhaltige Entwicklung → S. 134. Dass knappe Ressourcen **Anreize für Kooperation** liefern können, zeigt z. B. die Nilbecken-Initiative in Afrika von zehn Ländern mit dem Ziel, die Wasserressourcen kooperativ zu nutzen.

Proliferation

- Der Begriff **Proliferation** bezeichnet die Verbreitung atomarer, biologischer und chemischer Massenvernichtungswaffen (ABC-Waffen) und von Produkten, die für ihre Herstellung erforderlich sind, sowie die Weiterverbreitung von Trägersystemen (z.B. Raketen und Drohnen), aber auch die Weiterverbreitung des Wissens, das für die Herstellung von ABC-Waffen erforderlich ist.
- Proliferation stellt ein **globales Sicherheitsrisiko** dar. Sogenannte „**Risikostaaten**" besitzen schon ABC-Waffen und die dazu benötigten Techniken oder versuchen, in deren Besitz zu gelangen, um außenpolitische Bedrohungen abzuwehren (Nordkorea, Pakistan, Syrien, Iran). Durch den Besitz dieser Waffen soll versucht werden, Forderungen gegenüber Nachbarstaaten, aber auch gegenüber der internationalen Staatengemeinschaft, durchzusetzen.
- Die Aneignung dieser Waffen führt in den Nachbarländern zu einer Neubewertung der Bedrohungslage und kann zu einem militärischen **Wettrüsten** in der Region führen. Sie vermindert zugleich den Einfluss der offiziellen Atommächte wie den USA.
- **Internationale Verpflichtungen zum Schutz vor Proliferation:**
  - **Nuklearer Nichtverbreitungsvertrag** (NVV), **auch Atomwaffensperrvertrag** von 1968: Verbot der Verbreitung atomarer Waffen und Verpflichtung zur Abrüstung. Nichtkernwaffenstaaten stellen ihr spaltbares Material unter die Kontrolle der **Internationalen Atomenergieorganisation (IAEO).** Der NVV hat 191 Unterzeichnerstaaten (Stand 2015). Zu den offiziellen Atommächten gehören die USA, Russland, China, Frankreich, Großbritannien; zu den inoffiziellen Ländern Nordkorea (Austritt aus NVV 2003), Israel, Indien und Pakistan.
  - **Übereinkommen über das Verbot** der Entwicklung, Herstellung und Lagerung **bakteriologischer Waffen und von Toxinwaffen** (BWÜ) von 1975: umfassendes Verbot biologischer Waffen; 182 Unterzeichner.
  - **Chemiewaffenübereinkommen** (CWÜ) von 1997, internationales Übereinkommen der Mitgliedsstaaten der UN; 193 Unterzeichner.

Cyberwar

- Für „Cyberwar" fehlt eine allgemeingültige Definition. Im Allgemeinen bezieht sich der Begriff jedoch auf kriegerische Auseinandersetzungen zwischen Staaten im virtuellen Raum (Cyberspace). Cyberwar nutzt die Abhängigkeit moderner Gesellschaften von Informationstechnik aus, z.B. Industrie, Finanzsektor, und bietet Möglichkeiten der Spionage, Blockade und Manipulation. Im Vergleich zur militärischen Kriegsführung lässt sich mit relativ geringen Einstiegskosten bei geringem Risiko eine strategisch große Wirkung erzielen (Kosten-Nutzen-Rationale).
- Cyberattacken lassen sich unterteilen in:
  - Information Operations: Aktivitäten, die z.B. zur Veränderung der Wahrnehmung in einem Land beitragen, um die politische Meinung zu beeinflussen, z.B. US-Wahlkampf 2016: Man vermutet einen russischen Hackerangriff mit Veröffentlichung der E-Mails der Demokratischen Partei auf Wikileaks, um Donald Trump zum Sieg zu verhelfen.
  - Economic Operations: Stärkung bzw. Schwächung der Wirtschaft.
  - Denial-of Service-Attacken: Störung und Manipulation feindlicher Dienste, z.B. 2010 Sabotage des iranischen Atomprogramms durch die Schadsoftware Stuxnet (Amerika/Israel).
- Beispiel für Vorgehensweise: Angriff mittels Botnetzen (Schadprogramme), d.h. Netzwerk aus einigen tausend bis mehreren Millionen infizierter PCs, die von einem Master-Server ferngesteuert werden. Diese können etwa durch DDoS-Attacken (Distributed Denial of Service Attacks) Internetseiten lahmlegen.
- Folgen einer Cyberattacke: Verlust von Integrität, Störung der Verfügbarkeit von zentralen Diensten wie Wasser- und Stromversorgung, Verlust vertraulicher Daten, physische Zerstörung.
- In Deutschland beschäftigt sich das Bundesamt für Sicherheit in der Informationstechnik mit IT-Sicherheitsaspekten.

Staatszerfall: failing states und failed states

- **Definition „failing states“:**
  - Völkerrechtlich gesehen besteht ein Staat aus drei Elementen: Staatsgebiet, Staatsvolk und Staatsgewalt (→ S. 22). Ein Staat hat drei zentrale Funktionen für seine Bürger zu leisten: Gewährleistung von Sicherheit, Wohlfahrt und Rechtsstaatlichkeit.
  - Werden diese Funktionen der Staatsgewalt nur in sehr geringem Maße erfüllt, spricht man politikwissenschaftlich von einem **„failing state“ (= zerfallender Staat).** Ursachen sind u.a. korrupte Eliten, schlechte Regierungsführung, ahistorische Nation-Building-Konzepte (= Maßnahmen der Nationenbildung, die deren historische Entwicklung nicht berücksichtigen), mangelnde Wohlfahrt, wenig Rechtssicherheit.
- **Merkmale von „failing states“:**
  - Der Staat verliert sein **Gewaltmonopol** über das Territorium (Terroranschläge, Selbstjustiz, Milizen …), Sicherheit und Rechtsstaatlichkeit können nicht mehr garantiert werden.
  - **Zerfall staatlicher Institutionen:** Wahlmanipulation, funktionsunfähige Legislative, korrupte Judikative.
  - **Bad governance:** Der Staat kann seine Grundfunktionen nicht erfüllen, z.B. die Versorgung mit Nahrung, Gesundheitsversorgung, Bildung, Infrastruktur…); Ursachen häufig Korruption und Vetternwirtschaft.
  - **Zerfall der Gesellschaft in einzelne Gruppen** mit starken Sonderinteressen religiöser, regionaler oder ethnischer Art.
  - **Beispiele:** Pakistan, Jemen, Afghanistan, Libyen.
- **Folgen für die internationale Sicherheit:** Flüchtlingsströme destabilisieren Nachbarstaaten; Bürgerkrieg. Häufig kommt es zu Stellvertreterkriegen = Krieg zwischen (Groß-)Mächten, den diese nicht direkt militärisch austragen, sondern auf dem Boden eines dritten Staates durch Unterstützung der dort kämpfenden Parteien. Nicht alles versinkt im Chaos, teilweise übernehmen nichtstaatliche Akteure staatliche Funktionen, z.B. Warlords (militärische Anführer. „Failing states“ werden oft zum Rückzugsgebiet und „Inkubator“ für internationalen Terrorismus.
- **„Failed states“:** Staaten, die die staatlichen Funktionen praktisch nicht mehr erfüllen, Beispiele: Somalia, Südsudan, Syrien.
- **Messung:** Die Bewertung von Staaten erfolgt im Failed States Index anhand von 12 Indikatoren.

Transnationaler Terrorismus

- Unter Terrorismus (lat. „terror" = Schrecken) wird eine kalkulierte Gewaltanwendung oder -androhung verstanden, die das Ziel verfolgt, eine Regierung oder Gesellschaft dazu zu bringen, bestimmte politische, religiöse oder ideologischer Ziele zu verfolgen.

- **Die Terroranschläge vom 11. September 2001** gelten als **Zäsur** in der Geschichte des Terrorismus. Sie stellen mit dem **transnationalen Terrorismus** eine neue Form des Terrorismus dar, die sich seit den 1990er-Jahren entwickelt hat und sich vom international operierenden Terrorismus der 1970er- und 80er-Jahre unterscheidet:
  - **Ziel:** Angriff auf die bestehende internationale Ordnung und jene Staaten, die darin eine Hegemonialstellung ausüben (z. B. USA).
  - **Attentäter:** Sie haben unterschiedliche Nationalitäten; Gemeinsamkeit: transnationale Ideologie; teilweise sogenannte „Schläfer" unter den Akteuren.
  - **Organisationsform:** Dezentral, es existieren netzwerkartige Strukturen, die über den ganzen Erdball verteilt sind.
  - **Finanzierung:** zahlreiche legale wie illegale Finanzquellen; teilweise auch durch nicht-staatliche Akteure (z. B. einflussreiche Geschäftsmänner).
  - **Strategie:** Mit einem möglichst geringen Einsatz von Mitteln einen möglichst großen Schaden anzurichten; z. B. mehrere Anschläge an unterschiedlichen Orten (z. B. Paris November 2015).
  - **Zerstörungspotential:** Höher als bei früheren Terrorgruppen; höhere Opferzahl sowie ökonomische, soziale und psychologische Folgen werden in Kauf genommen.

- **Problematik:** Bekämpfung mit herkömmlichen militärischen Mitteln schwierig. Gegen nicht-staatliche Akteure kann kein Krieg im herkömmlichen Sinne geführt werden (Armee gegen Armee).

- **Mögliche Anti-Terrormaßnahmen:** Internationale Zusammenarbeit von Polizei, Justiz, Geheimdiensten, Finanzquellen austrocknen. Demokratisierung und wirtschaftliche Modernisierung; Lösung regionaler Konflikte, die das Entstehen terroristischer Strukturen fördern. Aufbau bzw. Reform staatlicher Strukturen in „failing states" (→ S. 143); Eindämmung des Waffenhandels (→ S. 122); Stärkung und Überwachung des internationalen Rechts.

Gründung, Erweiterung und Vertiefung der EU

Vertiefung (V) bedeutet die Vergemeinschaftung von Politikbereichen, Erweiterung (E) die Aufnahme neuer Mitgliedsstaaten.

1951 (V)	**Europäische Gemeinschaft für Kohle und Stahl** (EGKS, auch Montanunion) durch BRD, Frankreich, Beneluxländer, Italien; Schwerindustrie unter Kontrolle der „Hohen Behörde" (erste supranationale Behörde)
1957 (V)	Die **Römischen Verträge** begründen die **Europäische Wirtschaftsgemeinschaft (EWG).** Ziel: Zollunion und EURATOM (Europäische Atomgemeinschaft) = friedliche Nutzung der Atomenergie
1967 (V)	Zusammenlegung von EGKS, EWG, EURATOM zur EG (Europäische Gemeinschaft)
1973 (E)	erste Erweiterung: Beitritt von Großbritannien Dänemark und Irland (Norderweiterung)
1979 (V)	erste **Direktwahl des Europaparlaments**
1981/86 (E)	Süderweiterung: Griechenland, Spanien, Portugal
1986 (V)	**Einheitliche Europäische Akte (EEA), Schaffung eines gemeinsamen Binnenmarkts; vier Grundfreiheiten:** freier Kapital- und Dienstleistungsverkehr, Arbeitnehmerfreizügigkeit, Abbau von Zöllen (gemeinsame Außenzölle)
1992 (V)	**Vertrag von Maastricht = Vertrag über die Europäische Union (EU):** gemeinsame Außen- und Sicherheitspolitik (GASP), Wirtschafts- und Währungsunion, innen- und rechtspolitische Zusammenarbeit
1993 (V)	**Kopenhagener Kriterien** als Aufnahmebedingungen
1995 (V)	**Schengener-Abkommen:** Wegfall von Grenzkontrollen im Schengen-Raum, umfasst 2019 26 europäische Nationen
1997 (V)	**Vertrag von Amsterdam** (z. B. Ausweitung der Rechte des Parlaments)
2002 (V)	Einführung des **Euro als Bargeld**
2004 (E)	Osterweiterung: zehn neue Mitgliedsstaaten
2005 (V)	Ablehnung der Verfassung in Referenden in Frankreich und den Niederlanden
2007–09 (V)	**Vertrag von Lissabon:** institutionelle Reformen; Ziel: mehr Effizienz, Transparenz und Demokratie in der EU (→ Schaubild S. 146)
2013 (V)	Aufnahme Kroatiens
2016	Brexit-Referendum in Großbritannien

Grundlagen der EU

- Die EU als „Staatenverbund" ist ein System „sui generis", ein **einzigartiges politisches Gebilde**. Sie ist kein Bundesstaat mit „Monopol der legitimen physischen Gewaltsamkeit" (Max Weber) oder Steuerhoheit. Sie ist aber auch **kein Staatenbund**, da supranationale, d.h. übernationale Elemente vorhanden sind (z.B. Geldpolitik der Europäischen Zentralbank oder Entscheidungen des Gerichtshofs der EU). Die EU ist ein **Mehrebenensystem**, bestehend aus Mitgliedsstaaten, Regionen und den Institutionen etc. auf EU-Ebene.
- **Prinzipien** bezüglich der Zuständigkeitsbereiche der EU:
  - **Begrenzte Einzelermächtigung:** Die EU verfügt nur über die Zuständigkeiten, die ihr durch EU-Verträge verliehen wurden.
  - **Verhältnismäßigkeit:** Maßnahmen dienen nur dem Erreichen der Ziele der EU-Verträge.
  - **Subsidiarität:** Die EU tritt nur in Erscheinung, wenn die erstrebten Ziele nicht auf einer unteren Ebene, z.B. national oder regional, erreicht werden können.
- **Supranational verus intergouvernmental:** Zentrale europäische Politikfelder sind bereits vergemeinschaftet, d.h. in den EU-Institutionen wird mit Mehrheit entschieden (supranational), in anderen Bereichen findet nur eine zwischenstaatliche Zusammenarbeit statt, hier ist bei Beschlüssen Einstimmigkeit nötig (intergouvernmental).

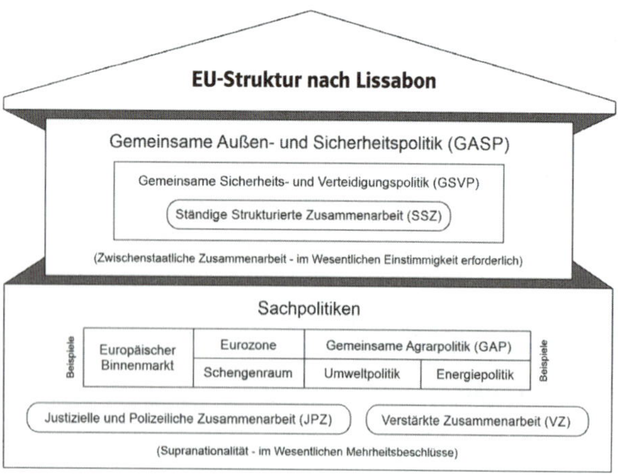

Die zentralen Institutionen der EU

- **EU-Kommission (EK):**
  - Sie nimmt die Aufgaben der Exekutive wahr, hat alleiniges Initiativrecht (= darf Gesetze vorschlagen). Die Ausführung der Gesetze erfolgt durch Mitgliedsstaaten (begrenzte Kompetenzen der Kommission), sie kontrolliert aber die Ausführung (Vertragsverletzungsverfahren).
  - Sie besteht aus 28 Kommissaren (einer pro Land). Diese werden von der Regierungen der EU-Staaten (Europäischer Rat) nominiert und durch das Europäische Parlament bestätigt. Leitung: Kommissionspräsident. Hauptsitz: Brüssel.
- **Europäisches Parlament:**
  - Sitz in Straßburg, Ausschüsse und die länderübergreifenden Fraktionen tagen in Brüssel.
  - Es ist gemeinsam mit dem Rat der EU ein Teil der Legislative. Direkte Wahlen seit 1979 alle fünf Jahre (Aufhebung der 3 % Sperrklausel 2014). Funktionen: Kontrolle, Haushaltsrecht, Repräsentation und Interessenartikulation. Wahl des Kommissionspräsidenten auf Vorschlag der Staatschefs, auf Basis eines Vorschlags der Kommission. EU-Parlament repräsentiert die Bürger der EU. Legislativrecht. Vorsitz: Parlamentspräsident.
  - **Aber:** Keine völlige Gleichberechtigung in Haushaltsfragen, über Finanzierung entscheiden allein die Mitgliedsstaaten; Mitentscheidung über Ausgaben; Kein Initiativrecht für Gesetze, dies hat ausschließlich die Kommission.
- **Rat der Europäischen Union (Ministerrat):**
  - Zusammen mit dem EU-Parlament zentrales Beschlussorgan der EU, das das mitgliedsstaatliche Element der EU präsentiert, denn jedes Mitglied entsendet einen Vertreter (= nationale Minister, die sich thematisch formieren). Die Präsidentschaft rotiert halbjährlich.
  - Er beschließt auf Vorschlag der Kommission und unter Beteiligung des Europäischen Parlaments die Gesetze der EU. Der Rat entscheidet meistens mit qualifizierter Mehrheit: 55 % der Mitgliedsstaaten müssen dafür sein und diese müssen 65 % der EU-Bevölkerung repräsentieren.

- **Europäischer Rat:**
  - Zusammensetzung: Staats- und Regierungschefs der Mitgliedsstaaten sowie der Präsident des Europäischen Rates und der Präsident der Kommission. Diese treffen sich vierteljährlich.
  - Grundsatzentscheidungen, Festlegung von Prioritäten und der allgemeinen politische Richtung der EU, z. B. Euro-Einführung, EU-Erweiterung;
  - kein Legislativorgan; Leitung: Ratspräsident, gewählt für 2,5 Jahre.
- **Gerichtshof der Europäischen Union (EUGH):**
  - Judikative der EU; zentrale Aufgabe: Wahrung des Rechts bei der Auslegung und Anwendung der Verträge (Normenkontrolle, Rechtsstreitigkeiten zwischen den Mitgliedsstaaten, zwischen der EU und Mitgliedsstaaten, zwischen Organen und Mitgliedsstaaten sowie zwischen Einzelpersonen und der EU).
  - Er kann von nationalen Gerichten zur Auslegung des Unionsrechts und über direkte Klagen eingeschaltet werden.

Gesetzgebungsverfahren in der EU

- Die Verträge der Mitgliedsstaaten legen fest, wer in welchen Bereichen zuständig ist, also entweder die EU, nationale Regierungen oder beide:
  - **ausschließliche Zuständigkeit:** nur die EU darf Rechtsvorschriften erlassen (z. B. Zoll- und Wettbewerbspolitik);
  - **geteilte Zuständigkeit:** EU und Mitgliedsstaaten können beide Rechtsvorschriften erlassen, letztere treten in Aktion, wenn die EU nicht tätig wird (z. B. Verbraucherschutz, Binnenmarkt);
  - **unterstützende Zuständigkeit:** EU-Maßnahmen unterstützen, koordinieren oder ergänzen die Mitgliedsstaaten (z. B. Tourismus).

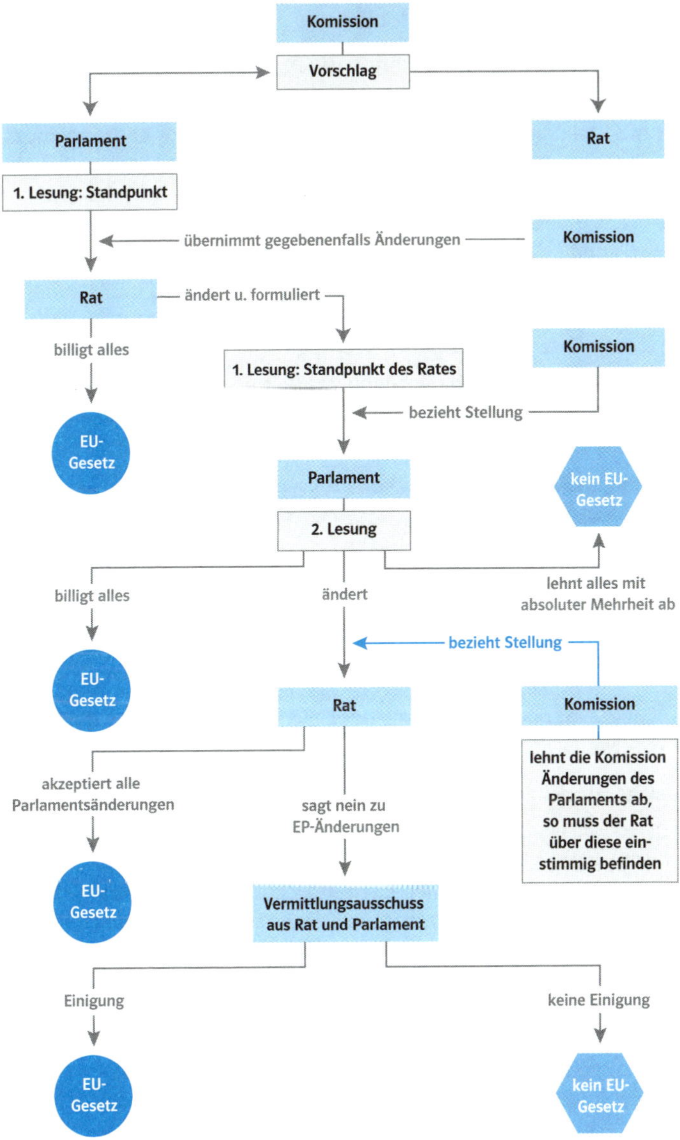

Die Entstehung eines europäischen Gesetzes

Ein- und Austritt aus der EU

- **Beitrittsprozess nach Art. 49 (EU-Vertrag):**

  1. Antragsphase: Beitrittsantrag eines Landes beim Europäischen Rat → positive Stellungnahme der Kommission, das politische Kriterium muss erfüllt sein → Zustimmung des EU Parlaments → Rat bestimmt einstimmig die Aufnahme von Verhandlungen und verleiht den Titel „Beitrittskandidat".

  2. Verhandlungsphase: Aufteilung des gesamten EU-Rechts in 35 Kapiteln, die einzeln verhandelt werden. Der EU-Rat und die Mehrheit im EU-Parlament müssen Verhandlungen und Abschluss zustimmen. Im Anschluss: Entwurf eines Beitrittsvertrags.

  3. Abschlussphase: Unterzeichnung des Beitrittsvertrags durch das Bewerberland und die EU-Mitglieder, Ratifizierung des Vertrags durch das Bewerberland und EU-Mitgliedsstaaten; EU-Aufnahme.

- Erfüllung der **Kopenhagener Kriterien** als Beitrittsbedingung:
  - **Politisches Kriterium:** stabile demokratische und rechtsstaatliche Ordnung, institutionelle Stabilität, Wahrung der Menschenrechte, Schutz und Achtung vor Minderheiten.
  - **Wirtschaftliches Kriterium:** funktionsfähige Marktwirtschaft; Fähigkeit, dem Wettbewerbsdruck innerhalb des EU-Binnenmarktes standhalten zu können.
  - **Acquis-Kriterium:** Übernahme der Ziele, Verpflichtungen und des Regelwerks der EU.

- **Austritt aus der EU nach Art. 50 (EU-Vertrag):**
  - Die Möglichkeit des Austritts besteht seit dem Vertrag von Lissabon (2009). Jedes Mitglied kann gemäß Art. 50 den Austritt beschließen und dies dem Europäischen Rat mitteilen. Danach haben der Mitgliedsstaat und die EU zwei Jahre Zeit, Einzelheiten und den Rahmen der künftigen Beziehungen des Landes mit der EU zu regeln, z. B.: die weitere Teilnahme am Binnenmarkt. Am 29.03.2017 wurde von Großbritannien der Austritt aus der EU beantragt (Brexit).

Der Euro

- **Gründe für die Einführung**
  - 1970er-Jahre: Heftige Kursschwankungen, die für Verluste bei Unternehmen sorgten.
  - 1972 Europäischer Wechselkursverbund: gegenseitiges Interventionssystem mit festen Wechselkursen und einer Kursbandbreite von 2,25 % nach oben und unten („Währungsschlange"). In der Folgezeit gab es einige Austritte aus dem Wechselkursverbund, z. B. Großbritannien und Italien.
  - 1979 – 98: Europäische Währungseinheit (ECU) als Rechnungseinheit in der EG, Festlegung des Werts des ECU nach einem gewichteten Warenkorb.
  - 1992: Vertrag von Maastricht, es fehlen jedoch Regelungen für den Fall, das ein Land gegen die Kriterien des Vertrags verstößt.
  - 1. Januar 1999: Euro gilt als Recheneinheit in elf Mitgliedsländern, Umtauschkurs 1,95 DM je Euro.
- **Der Euro – eine Erfolgsgeschichte!**
  - Er ist **stabil**, die durchschnittliche jährliche Inflationsrate liegt seit Einführung bei 1,7 % (DM lag bei 2,8 %).
  - **Transaktionskosten** konnten gesenkt werden, d.h. grenzüberschreitende Geschäfte wurden billiger.
- **Der Euro – keine Erfolgsgeschichte!**
  - Auch große Länder wie Deutschland und Frankreich haben kontinuierlich gegen den Stabilitäts- und Wachstumspakt verstoßen.
  - Der Dollar bleibt die globale Leitwährung (60 % Anteil an den Reserven der globalen Notenbanken); der Euro stagniert bei ca. 20 %.
  - „Teuro" bei Einführung, z. B. deutlicher Preisanstieg in Restaurants.
  - Sehr viele Verstöße gegen Maastrichter Kriterien.
  - Teilweise Vergemeinschaftung von Schulden.
  - Zwang zur internen Abwertung über Lohn- und Preissenkungen, da es keine flexiblen Wechselkurse gibt.
  - Kein besonderer allgemeiner wirtschaftlicher Wachstumsschub, sondern Dauerkrise im Süden.

Die Europäische Zentralbank (EZB)

- Die EZB ist die Zentralbank für die Mitgliedsstaaten der Europäischen Währungsunion (EWU) mit Sitz in Frankfurt a.M. Das wichtigste Beschlussorgan ist der **EZB-Rat**. Er besteht aus sechs Mitgliedern des Direktoriums und den Präsidenten der nationalen Zentralbanken der 19 Euro-Länder. Über geldpolitische Entscheidungen wird im EZB-Rat mit einfacher Mehrheit abgestimmt (Stimmrechte der nationalen Zentralbankpräsidenten rotieren!).
- **Die Aufgaben der EZB:**
  - Gewährleistung von Preisstabilität;
  - Unterstützung der allgemeinen Wirtschaftspolitik der EU: Förderung einer nachhaltigen Entwicklung auf der Grundlage eines ausgewogenen Wirtschaftswachstums, eine wettbewerbsfähige soziale Marktwirtschaft, die auf Vollbeschäftigung und ein ausgewogenes Wirtschaftswachstum abzielt, wenn dies nicht die Preisstabilität beeinträchtigt.
  - Festlegung und Ausführen der Geldpolitik für das Euro-Währungsgebiet;
  - Ausgabe von Banknoten, Durchführen von Devisengeschäften;
  - Verwaltung von offiziellen Währungsreserven der EU-Mitgliedsstaaten (Portfoliomanagement);
  - Förderung des reibungslosen Funktionierens von Zahlungssystemen, Finanzstabilität und Aufsichtsfragen.
- Um die geldpolitischen Ziele zu erreichen, setzt die EZB **geldpolitische Instrumente** ein, zu denen liquiditätszuführende und liquiditätsabführende **Offenmarktgeschäfte** gehören. Dies sind von der Zentralbank mit Geschäftsbanken am offenen Markt durchgeführte Transaktionen mit dem Ziel der Geldmengen- bzw. Zinssteuerung.
- **Diskussion um expansive Geldpolitik der EZB:**
  - **Pro:** Erhöhung der Inflationsrate Richtung Zielmarke 2 %; Ankurbelung der Konjunktur.
  - **Kontra:** Reformdruck für Staaten entfällt, Wirkverzögerungen der Zinspolitik.

Demokratie in der EU – Demokratiedefizit

- Gegner werfen der EU vor, ein Demokratiedefizit zu haben. In der Politikwissenschaft wird zwischen einem **strukturellen** und einem **institutionellen Demokratiedefizit** unterschieden.
- **Strukturelles Demokratiedefizit:**
  - Die EU verfügt über **kein Staatsvolk** mit einer **europäischen Identität** und **keine europäische Öffentlichkeit**, in der vor Wahlen ein politischer Diskurs über europäische Themen stattfindet und Meinungen und Positionen ausgetauscht werden, die demokratische Wahlen legitimieren. Die Wahlbeteiligung ist zudem gering: 2019 51 % im Durchschnitt (2014: 43,1 %).
  - Hinderlich für eine gemeinsame europäische Öffentlichkeit sind das Fehlen übergreifender europäischer Medien und einer gemeinsamen Sprache sowie unterschiedliche Demokratievorstellungen.
- **Institutionelles Demokratiedefizit:**
  - **Ministerrat:** Wichtigstes Gesetzgebungsorgan der EU, seine Mitglieder sind Vertreter der nationalen Regierungen. → Da die Mitglieder in ihren Mitgliedsstaaten der Exekutive angehören, auf EU-Ebene jedoch legislative Funktionen übernehmen, widerspricht dies dem Prinzip der Gewaltenteilung
  - **Kommission:** Die Kommissare der Quasi-EU-Regierung werden nicht auf EU-Ebene gewählt, sondern von den Nationalstaaten nominiert und vom Parlament bestätigt. Folglich fehlt auf EU-Ebene eine den Nationalparlamenten vergleichbare Opposition.
  - **EU-Parlament:** Fehlendes Initiativrecht bei der Gesetzgebung, teilweise nur Anhörungsrecht. Es existiert keine strikte proportionale Verteilung der Sitze im Parlament und im Rat gemäß des Bevölkerungsanteils der Mitgliedsstaaten → keine Gleichheit der Wahl, daher fehlende Legitimation des Europäischen Parlaments.
- **Gegen den Vorwurf des Demokratiedefizits spricht:** Die EU ist kein Staat; demokratische Legitimation in einer zwischenstaatlichen Einrichtung muss somit anderen Maßstäben entsprechen. Die Legitimation politischer Entscheidungen erfolgt über nationale Parlamente und das EU-Parlament. Um auch kleine Staaten beteiligen zu können, ist eine Verteilung zu Lasten der großen Staaten erforderlich.

Partizipationsmöglichkeiten der EU-Bürger

- **Aktives** und **passives Wahlrecht** alle fünf Jahre bei der Wahl zum Europaparlament.
- Generell hat jeder EU-Bürger die Möglichkeit, sich schriftlich an Organe und Einrichtungen der EU zu wenden, wenn er als EU-Bürger unmittelbar von Entscheidungen betroffen ist.
- **Petitionen:** Beschwerden bzw. Bittschriften können direkt beim Europaparlament eingereicht werden, wenn der Beschwerdeführer selbst betroffen ist. Ist dieser nicht selbst betroffen, können Beschwerden über den **Europäischen Bürgerbeauftragten** eingereicht werden, der sich z. B. mit der Verwaltungstätigkeit von Organen oder Einrichtungen der EU befasst.
- **Direktkontakt zu Europaabgeordneten** im Wahlkreis, diese bieten teilweise Bürgersprechstunden an.
- Einreichen von **Klagen beim Europäischen Gerichtshof**, wenn EU-Bürger unmittelbar von Entscheidungen betroffen sind.
- **Europäische Bürgerinitiative:** Wenn mindestens eine Millionen Befürworter aus mindestens sieben EU-Ländern ihre Unterstützung bekunden, müssen sich die Kommission und das Europäische Parlament mit dem Thema befassen.
- Seit der Verabschiedung des **Governance-Weißbuches** „Europäisches Regieren 2001" ist die EU-Kommission bestrebt, für eine breite Partizipation von nicht-staatlichen Akteuren, also der Zivilgesellschaft zu sorgen. Zudem sollen Interessenvertreter und Experten ihr Wissen einbringen können, die z. B. in Konsultationsverfahren oder öffentlichen Debatten (deliberative Demokratie).
- Beteiligung an **Diskussionen in Internetportalen** wie Blogs oder Chats zu europäischen Themen.

Europäische Identität

- Solange in der Europäischen Gemeinschaft nur einige Politikbereiche vereinheitlicht waren und es dabei besonders um das Wirtschaftsleben ging, brauchte es noch kein hohes Maß an Identifikation mit der Europäischen Gemeinschaft.
- Dies änderte sich mit dem **Vertrag von Maastricht** (1992) über die Europäische Union. Die reine Wirtschaftsgemeinschaft wurde zu einer **politischen** und zu einer **Wertegemeinschaft**, die in mehr Lebensbereiche der Bürger eingreift.
- Die Frage nach einer **europäischen Identität**, einem Wir-Gefühl, wird vor allem im Kontext der EU-Erweiterungen und der weiteren europäischen Integration relevant. Sie wird als die Voraussetzung für das Entstehen von **Solidarität** angesehen und ist dann wichtig, wenn Entscheidungen der EU für ein Land nicht vorteilhaft erscheinen und es um **materielle Umverteilungen** geht.
- In der Politikwissenschaft werden hinsichtlich einer europäischen Identität folgende Fragen diskutiert: Gibt es eine europäische Identität? Ist eine gemeinsame Identität überhaupt möglich und wie kann sie gemessen werden? Auf welchen **identitätsstiftenden Ressourcen** könnte eine gemeinsame Identität beruhen, wenn z.B. eine gemeinsame Sprache ausscheidet?
  - Europa kann als **Wertegemeinschaft** verstanden werden mit Bezug auf das Christentum und seine Geschichte. Die Europa vereinende Geistesgeschichte reicht von ihren jüdischen, griechischen und römischen Wurzeln über die Renaissance und die Aufklärung zu den modernen Wissenschaften. Ein weiterer Bezugspunkt könnten europäische Verträge und Abkommen sein.
- Diskutiert wird aber auch, ob eine kollektive Identität überhaupt notwendig ist und ob die Unterstützung der EU nicht aus reinem **Kosten-Nutzen-Kalkül** geschieht.

Europäischer Binnenmarkt

- Das Ziel eines gemeinsamen Binnenmarktes wurde bereits im Gründungsvertrag der Europäischen Gemeinschaft für Kohle und Stahl 1951 festgeschrieben.
- Der Binnenmarkt ist zentral für die Harmonisierung der Wirtschaftspolitiken der Mitgliedsstaaten und für die Entwicklung hin zu einer Wirtschafts- und Währungsunion.
- Bezogen auf die Wirtschaftskraft ist der Europäische Binnenmarkt der größte der Welt.
- Der EU-Binnenmarkt, auch gemeinsamer Markt, besteht aus **vier Grundfreiheiten:**

vier Freiheiten des europäischen Binnenmarktes

freier Warenverkehr
- keine Zölle und Grenzkontrollen innerhalb der EU
- vereinheitlichte Normen, gegenseitige Anerkennung von Prüfzertifikaten
- Möglichkeit des Warenverkaufs innerhalb der gesamten EU

freier Dienstleistungsverkehr
- EU-Bürger können Dienstleistungen in der gesamten EU anbieten
- gilt auch für Banken- und Versicherungsdienstleistungen
- Harmonisierung der Banken- und Versicherungsaufsicht
- Öffnung der Transport- und Telekommunikationsmärkte

freier Personenverkehr
- keine Grenzkontrollen im Schengen-Raum (→ S. 145, 160)
- freie Wahl von Wohnsitz und Arbeitsplatz innerhalb der EU
- Niederlassungsfreiheit von Unternehmen
- verstärkte Kontrolle an Außengrenzen der EU
- Harmonisierung von Einreise-, Asyl-, Drogen- und Waffengesetzen

freier Kapitalverkehr
- grenzüberschreitender Kapital- und Geldtransfer
- freie Finanzmärkte
- Ausbau eines gemeinsamen Marktes für Finanzleistungen
- Liberalisierung des Wertpapierverkehrs

Eurokrise und Fiskalpakt

- Ab 2009 verknüpfte sich die weltweite Finanz- und Wirtschaftskrise mit der europäischen Staatsschuldenkrise. Die Kreditzinsen der verschuldeten Euro-Staaten stiegen massiv an. Griechenland z. B. war 2010 zahlungsunfähig.
- **Bekämpfung:**
  - Reaktion März 2010: EU-Gipfel beschließt Bailout (= „aus der Klemme helfen"). Dabei handelt es sich um eine finanzielle Hilfeaktion durch z. B. Schuldenübernahme und -tilgung, Haftungsübernahme zur Vermeidung einer Zahlungsunfähigkeit, die dem gesamten System schaden würden.
  - Hierzu gab es Kritik aus Deutschland. Eine Klage vor dem BVerfG mit Hinweis auf die „No-Bailout-Klausel" der Europäischen Wirtschafts- und Währungsunion scheiterte jedoch. Diese Klausel sieht vor, dass die EU sowie einzelne EU-Länder nicht für die Verbindlichkeiten einzelner Länder haften.
- **Die Rettungspakete des Bailout:**

  1. 2010–13 EU-Länder und IWF;
  2. 2012–14 EU-Rettungsschirm EFSF; Vorbedingung: Schuldenschnitt 2012;
  3. 2015–18: Europäischer Stabilitätsmechanismus (ESM).

  - Die Rettungspakete sind an strikte Auflagen geknüpft, z. B. Sparmaßnahmen, Privatisierung von Staatsbesitz etc. Ihre Einhaltung wird von der Troika (Experten der EZB, der EU-Kommission und des IWF) überprüft.
- Seit 2013 **Fiskalpakt**: nationale Schuldenbremse mit Verfassungsrang; strengere Kontrolle der nationalen Haushalte durch die EU-Kommission; quasi-automatische Sanktionen.
- **Bankenunion:** Der Konkurs einer wichtigen Bank sei unmöglich („too big to fail"), da sonst eine „Kernschmelze des Finanzsystems" drohe (so Wolfgang Schäuble, ehemaliger Finanzminister Deutschlands). Daher wurde eine gemeinsame Bankenaufsicht für die Eurozone eingeführt. Maßnahmen: Das Eigenkapital der Banken soll z. B. auf mindestens 6 % der Bilanzsumme angehoben werden.

Gemeinsame Außen- und Sicherheitspolitik (GASP)

- Bei der Gründung der Europäischen Gemeinschaft war eine gemeinsame Außen- und Sicherheitspolitik noch nicht vorgesehen, sie hat sich mittlerweile aber entwickelt. Mit Inkrafttreten des Vertrags von Maastricht wurde die GASP eingeführt; der Vertrag von Lissabon von 2009 hat die GASP weiter gestärkt. Sie stützt sich in erster Linie auf **Diplomatie** und die **Achtung der internationalen Regeln**
- **Ziele der GASP:**
  - Frieden und gemeinsame Sicherheit,
  - Förderung der internationalen Zusammenarbeit,
  - Orientierung an den Werten und Interessen der EU,
  - Verbreitung von Rechtsstaatlichkeit, Demokratie und Menschenrechten.
- **Der EAD:** Mit dem Vertrag von Lissabon wurde der Europäische Auswärtige Dienst (EAD) geschaffen. Der EAD koordiniert die GASP mit den EU-Mitgliedsstaaten und leitet die entsprechenden Ratsarbeitsgruppen. Er unterstützt den Hohen Vertreter.
- **Hoher Vertreter:** Die Aufsicht über die GASP obliegt dem Hohen Vertreter. Er leitet den EAD, ist Vizepräsident der EU-Kommission und Vorsitzende des Außenministerrats der EU.
- **Problem:** Innerhalb der EU gibt es oft keine gemeinsame Haltung in der Außenpolitik, z. B. Irak, Libyen.
- Die Frage nach einer **europäischen Armee**:
  - Die EU hat kein stehendes Heer; sie ist auf Ad-hoc-Streitkräfte angewiesen, die die EU-Länder bereitstellen, wenn sie z. B. in Krisengebiete Friedensmissionen zur Überwachung und Sicherstellung von Recht und Ordnung sendet oder humanitäre Hilfe leistet.
  - 1993: Schaffung des Eurokorps als Hauptquartier der Staaten D, F, ES, BE, LU („framework nations"). Das Korps stellt Kräfte für EU- und NATO-Missionen, z. B. für die schnelle Eingreiftruppe der NATO.
  - 2004: Gründung der Europäischen Verteidigungsagentur (EVA) für Rüstungsplanung, -forschung, -beschaffung; seit 2005 einsatzbereite EU-Kampfgruppe.

Eine Europa-Armee?

- Eine Europa-Armee oder auch EU-Armee würde die Einrichtung von **Streitkräften auf EU-Ebene** bedeuten, die dann einem europäischen Verteidigungsministerium unterstellt werden könnten. Die Idee wurde schon in den 1950er-Jahren mit dem **Pleven-Plan** und der **Europäischen Verteidigungsgemeinschaft** diskutiert. Mit der Gründung der Westeuropäischen Union verebbten die Diskussionen bis zu Beginn des 21. Jahrhunderts im Rahmen der **Ständigen Strukturierten Zusammenarbeit** (Zusammenarbeit der EU-Staaten, die sich in der GASP besonders engagieren).

Gründe für eine EU-Armee	Gründe gegen eine EU-Armee
• logische Konsequenz der europäischen Integration hin zu einer politischen Union • Unterstützung der europäischen Idee mit Signalwirkung an Russland • Fortführung der Idee des „Pooling and Sharing“: Staaten stellen anderen ihre nationalen Fähigkeiten zur Verfügung • höhere Effizienz gemeinsamer Streitkräfte; Vermeidung von Redundanzen auf alle Ebenen • effizientere Verwendung europäischer Verteidigungsausgaben, dadurch mehr Geld für militärische Investitionen • größeres Gewicht der EU in einer zukünftig multipolaren Welt (wirtschaftlich und militärisch) • NATO-Kompatibilität als Element des transatlantischen Lastenausgleichs (burden sharing mit den USA) • Zwang zur Harmonisierung nationaler Entscheidungsprozesse	• vermutlich mangelnde Akzeptanz der Mitglieder, da sie einen höheren Grad an Integration und Föderalismus bedarf; dies könnte EU-Skeptikern Aufschwung geben • sie würde zu Lasten der bereits unterfinanzierten nationalen Streitkräfte entstehen → weitere Schwächung des europäischen Militärs • Gefahr einer Schwächung der Bindung an die USA; könnte in Zeiten wachsender russischer Aggressivität problematisch sein • sie kann nur ein Fernziel sein, wichtiger ist das Vorantreiben konkreter militärischer Kooperation • viele EU-Mitglieder sind in der NATO = Bündnis zur Landesverteidigung und zum Krisenmanagement • Durchführung militärischer Kriseninterventionen erfolgt künftig vermutlich nicht durch Organisationen wie NATO oder EU (Problem der Konsensfindung im UN-Sicherheitsrat), sondern durch eine „Koalition der Willigen“ → entzieht der EU-Armee die Legitimation

Reformbedarf der EU und Zukunftsszenarien

- Die Erweiterungen und Integration der EU machen Reformen ihrer Strukturen und Prozesse erforderlich, denn diese waren ursprünglich nur auf sechs Mitgliedsstaaten ausgelegt und die vergemeinschafteten Bereiche waren zu Beginn geringer (→ S. 145).

- 2017 skizziert das „Weißbuch zur Zukunft Europas" fünf Szenarien, wie sich Europa bis 2027 entwickeln könnte:

  1. Weiter wie bisher: Weitere (langsame und mühsame) Integration in allen Politikbereichen; die Einheit der EU-Länder bleibt bestehen, wird aber bei Krisen immer wieder auf Spiel gesetzt; die Entwicklung hängt davon ab, wie wichtig den Mitgliedsstaaten die Zusammenarbeit ist.

  2. Schwerpunkt Binnenmarkt: Minimal-Szenario, Reduktion auf den Binnenmarkt, vermutliche Folge: internationaler Bedeutungsverlust.

  3. Wer mehr will, tut mehr (Europa der verschiedenen Geschwindigkeiten): „Koalition der Willigen", die enger zusammenarbeiten möchte (z. B. Euro oder Schengen-Raum, wo dies bereits der Fall ist); Ausdehnung auf Bereiche wie z. B. Verteidigung, innere Sicherheit, Steuern; andere Länder können zu einem späteren Zeitpunkt nachziehen.

  4. Weniger, aber effizienter: Konzentration auf einige Politikbereiche, in denen die EU mehr Kompetenzen übertragen bekommt und dadurch rascher handeln kann; gleichzeitig: Rückzug auf anderen Gebieten.

  5. Viel mehr gemeinsames Handeln: Beschluss der Mitgliedsstaaten, mehr Kompetenzen und Ressourcen an die EU zu übertragen und Entscheidungen gemeinsam zu treffen, dadurch werden Entscheidungen auf EU-Ebene schneller getroffen und umgesetzt. Kritik wird hier vermutlich insbesondere von denjenigen kommen, die die demokratische Legitimation der EU anzweifeln.

- Angela Merkel sprach 2017 von einem **Europa der verschiedenen Geschwindigkeiten,** d.h. nicht immer werden alle Mitgliedsstaaten an jeder Integrationsstufe gleichzeitig teilnehmen.